数着牛奶过日子

杜依淇——著

中国大百科全书出版社　　知识出版社

图书在版编目（CIP）数据

数着牛奶过日子 / 杜依淇著 . -- 北京：知识出版社，2021.3

（致青春·中国青少年成长书系）

ISBN 978-7-5215-0324-1

Ⅰ.①数… Ⅱ.①杜… Ⅲ.①散文集—中国—当代 Ⅳ.① I267

中国版本图书馆 CIP 数据核字（2021）第 027686 号

数着牛奶过日子　　杜依淇　著

出 版 人	姜钦云	
图书统筹	朱金叶	
责任编辑	朱金叶	
责任印制	吴永星	
美术编辑	马任驰	
出版发行	知识出版社	
地　　址	北京市西城区阜成门北大街 17 号	
邮　　编	100037	
网　　址	http://www.ecph.com.cn	
电　　话	010-88390659	
印　　刷	三河市人民印务有限公司	
开　　本	660mm×930mm　1/16	
字　　数	120 千字	
印　　张	10.75	
版　　次	2021 年 3 月第 1 版	
印　　次	2025 年 1 月第 2 次印刷	
书　　号	ISBN 978-7-5215-0324-1	
定　　价	36.00 元	

第一辑　电影让人生延长了三倍

第二辑　那些关于自己的真相

第三辑　成为和生活一样美好的人

第四辑　课桌里的青春

第五辑　每次开门都是新世界

后记

电影让人生延长了三倍

电影院似乎总是红色绒皮软座的最经典。挑好后排的座位早早入座，看着同场的观众也慢慢入座。广告一条一条滚过，人声在环绕音响下像电影里闹市场景的背景音。灯光逐渐地暗了，人声逐渐地弱了，熟悉的广电"龙标"动画宣誓了这个小小放映厅的主权。人们压低声音，难掩激动地说着"开始了"。那些有关现实的、来到这里的不同目的在此时一并抹除。所有人在接下来的一两个小时里，都是电影的信徒。

《我不是药神》：残酷社会的黑暗骑士

电影后半段有一个桥段，感觉就是整部电影的"眼"：假药贩子张长林因贩卖仿制药被抓，拒绝供出程勇。警察斥责他："你卖假药害人，你要脸吗！"张长林笑了，反问道："害人？我害谁了？吃我的药活下来的病人，没有一千也有五百吧。"随后，爆出一阵狂笑。

看完，觉得电影在讨论的就是命与钱、法与情。几个配角分别代表了这四种特性，而主角们则在几种特性中不断挣扎转换。

影片主人公程勇和蝙蝠侠一样，以自己的方式保护着一个群体。蝙蝠侠在夜里以暴制暴打击罪犯，以此保护哥谭市的市民；程勇走私印度仿制药以拯救吃不起正版药的病人。虽然不像蝙蝠侠那样有对正义的坚决维护与追求，也没有蝙蝠侠那些炫酷的装备；但他一样是阳光照不到的黑暗骑士，给病人传递着活下去的希望。他在整部电影中从一开始为父亲治病挣钱，到被抓之后撒手给假药贩子张长林，到后来倒贴钱代购药品，甚至为了拿到补偿款补贴买药钱答应前妻送孩子去移民，完成了从"看钱不管命"到"救命不要钱"的转变。

　　曹斌作为执法的警官，其实一直都没有丢弃人情。他明白"山寨"盗版的仿制药，并非害人性命的假药，并从一开始就向上级报告过，但他的职业要求他必须坚定地站在法律的一边。他从刚开始的"我义不容辞"到后面在一次次执法中看到那些那般努力只是为了活下去的病人，看到那些那般努力只是为了给病人带买得起的药的人们，内心一次又一次地挣扎。他的上级对他说："法大于情的事情，我们做的还少吗！"他最后唯一的解脱是自己不办这个案子了，让别人去干。法律总有照顾不到的人情，法律的执行者和对象却都是有血有肉有感情的人。曹警官的上级看似执法冷酷，却拒绝了某国际大企业提出的追查仿制药源头并继续追查张长林的要求。其实，抓捕假药贩子张长林也许也是他作为警官给法律一个交代，用这样的方式默默保护程勇一行真心代购仿制药救济病人的人们吧。

　　最喜欢的角色是"黄毛"彭浩。得病后，一个人从农村跑到城市，他从一开始就坚定不移地站在了情与命的一边：抢药分给他收留的病友，蔑视最初为了钱才代购药品的程勇，得知程勇把贩药路子给了张长林之后愤然走人，得知程勇贴钱代购后立马来帮忙……在听到警察马上要来，他支开程勇自己开车冲出去"背锅"，最后被卡车撞死，他永远用最朴实的善良去做这些所谓的"坏勾当"，并因此有着自己的尊严。那张已经买好的第二天回家的火车票再也无法兑现，他义无反顾地给世人留下最后一个英勇无畏的微笑。

　　法与情，命与钱，这两个命题看似是无解的。正版药物的研发成本与市场需求决定了它的高价。虽然某国际大企业的定价可能有一定的虚高，但从仿制药都要卖到 500 元一瓶就能看出该药的昂贵。但正因为这样实实在在的昂贵，病人的生命无形中就被定了价。药物作为商品有自己的价值规律；但当它作为救命药、与人的性命相挂钩时，它的社会意义就不再仅仅只是一个商品。这才有了命与钱之间没有选择的选择。

而法与情更是人性的挣扎。违法不一定是害人，害人有时却合法。病人吃不起正版药，靠吃相对廉价的仿制药才能活命，给他们生的希望的人做的却是走私这种违法的事。某国际大企业研发出救命的特效药，但多少病人因为吃不起而只能等死。所幸的是，法律的执行者们是一些有人情味的、实实在在的人，让冷冰冰的法律条文有了一定的温度。法与情，这也成了执法者们永恒的难题与痛苦。

故事的结局给了我们一个近乎完美的平衡：程勇被轻判三年有期徒刑（电影开始时就已说明，走私假药要处八年到十五年有期徒刑甚至无期徒刑）；正版药被纳入医保，患者不需要再吃仿制药。

这个结局可以说是充满了希望。黑暗骑士牺牲了自己，争取来了未来的光明。

牺牲的不仅仅是程勇一行，还有问题解决之前那些因吃不起药而死去的病人，生产仿制药的印度药厂，曹斌等为了这个案子辗转反侧的执法人。也许，这就是社会不守恒的悲剧，问题只有被暴露，被血淋淋地揭发，有人付出代价有人遭遇苦痛之后，才能解决，才有祥和。后世的幸福，是前人的痛苦换来的。

《三块广告牌》：愤怒只会招来更多的愤怒

2018 年奥斯卡最佳影片最终被《水形物语》夺得；但其实我觉得，无论是从影片质量，还是奥斯卡评审团一贯的口味，《三块广告牌》都应当是今年的最佳影片得主。两部电影我都看过，相比于《水形物语》给我留下的那句"I feel you all around me"，我感觉，《三块广告牌》给我带来了更多的思考。

这是一个关于愤怒的故事。警员狄克森一直是愤怒的，女儿被奸杀而凶手逍遥法外的母亲是愤怒的，前夫是愤怒的，甚至于，这个世界都是愤怒的。不过，也有人向来平和，广告牌老板、温柔的警长……一股沉默而抑郁的愤怒之气贯穿整部电影，从母亲在那三块广告牌上用红底黑字写上一句句控诉开始。

愤怒是一种爆发力极强的伤害。母亲对外人的刻薄，狄克森对黑人的压迫，对广告牌老板的暴力，疑似是前夫放的火烧着广告牌……这些愤怒以及在愤怒驱使下的行为，这些行为带来的后果，一步步地把这些愤怒的人们纠缠在一起，事情愈发复杂，影响一次比一次严重。这是愤怒带来的沉重的伤害，即刻间的、突如其来的伤害。

但，当愤怒这么面目可憎的同时，我们也看到，这些天大的愤怒往往来源于天大的痛苦。母亲无疑是全片中最愤怒的角色，她的愤怒来自于女儿被残忍奸杀。母亲想要讨个说法，却反被镇上人排挤。当她看到被浸没在大火中的广告牌，发了疯似的，不要命地要去灭火挽救。儿子拦住了她，告诉她来不及了。她回头，对着儿子用嘶哑的声音嘶吼他的名字："Robbie!"脸上的表情在火光和黑夜之下显得有些许模糊，却那样绝望。刺骨的悲痛和濒死的灵魂，深深地刻在她满是皱纹的脸上。她那样的愤怒，那样的可怜。儿子愣住了。她一把抢过灭火器，拖着身子跑向大火中的广告牌。那一刻，我们看到的不仅仅是她的愤怒，更多的是她愤怒背后的沉重的悲伤。

对于愤怒这样一种虚幻无实物的强烈情绪，人们倾向于寻找一件实物来承载自己的愤怒，无论是一个人也好，三块广告牌也好。比如，母亲需要一个人为自己女儿的惨死、自己的愤怒承担，她选择让德高望重的警长来承接。警长接住了，在死前的最后几天里，尽力帮着母亲一起消化这份愤怒。他一直承受着母亲强加给他的这份愤怒，并一直到最后死去，他用自己的死为母亲消磨激烈的愤怒，为她垫付了好几个月的广告牌租金。狄克森需要一个人为警长重病吐血、为自己的义气（也有观众认为是狄克森对于警长的仰慕与爱）所产生的愤怒付出代价。他脑子一热，冲上警局对面的广告公司，不管不顾地对广告牌老板施加暴力。广告牌老板被迫受了，被迫付出了代价，住进医院。又比如，在最后 DNA 匹配之后发现还是没能抓住犯人时，已经和解并形成统一战线的母亲和狄克森需要有那么一个人承受自己对于这个悬而未决的案件的不满与愤怒，他们带上枪，开着车，去另一个地方，要去惩罚另一个强奸犯。电影在这里戛然而止。也许，他们找到了那个人，让那个人承受了他们最终极的愤怒；也有可能，在漫长的公路之旅上，他们心中的愤怒在交谈中归于理性。人们在极大的愤怒支配之下，选择一个承接自己愤怒的对象时往往没有那么清醒，而且这个对象的选择也不需要太多实实在在的理由，对于愤怒的人而言，只需要一个能说服自己的理由，就够了。

当然，面对愤怒，我们不是束手无策。有两个印象极深的情节：一是母亲到警局和警长当面谈起这件敏感的案件，一开始，房间里的气氛紧张而微妙，二人就要爆发激烈的争吵，忽然，已身患癌症的警长面对着母亲，喷出一口鲜血。当时的镜头给的是母亲的脸部特写，我们看到母亲充满愤怒的脸上骤然出现了鲜红的血迹，母亲的表情也骤然地从愤怒转变为吃惊和不知所措。这时，镜头切换，我们才看到，是警长吐血了。接下来，母亲几乎是本能地起身，安抚着警长，为他擦去血迹，并大声呼叫外面的人叫救护车。一直到警长躺上担架被抬进救护车，母亲的脸上始终带着一丝惊慌，更多的是担心，夹杂着一丝抱歉。另外一个，是当狄克森因为警局着火，烧伤入院，好巧不巧地和先前自己打伤的广告牌老板在同一间病房。老板起初并没有认出全身缠满绷带的狄克森，十分关切地询问他的伤势，还问他要不要喝果汁。警官面对他，惭愧地大哭，嘴里不停地念着"sorry"。老板这才意识到眼前的可怜人正是害自己住院的"恶棍"。他情绪激动起来，手抱着脑袋嘶吼了几句，然后沉默，最后，对狄克森说，眼泪对你的伤不好，还给他倒了杯橙汁。这部电影依然充满希望，正在于它在展现愤怒的同时，也告诉我们解决愤怒的方法，以及愤怒之外人们的善良。母亲在放火烧警局之前打了好几个电话以确保警局里是没有人的，说明她并不是真的想伤害警员，可让人揪心的是，狄克森戴着耳机看警长给他留下的信，没有听见电话铃声。影片中，前夫的新女友这样一个并不是很起眼的角色开玩笑似的说过一句台词："愤怒只会招来更多的愤怒。"我想，这句话的下句应该是：真诚才能消磨不理解的误会。当母亲真诚地对警长关心，当广告牌老板真诚地对狄克森关心，当狄克森真诚地对老板道歉时，至少在那一刻，真诚的力量化解了愤怒的轮回。陷入轮回的人，我们也许没办法去苛责；但真正值得赞颂的，是那些跳出轮回的人。

这个关于愤怒的故事，其实被叙述得还算平静，配上时不时细水长流的布鲁斯音乐，还有极其干净、一个场景不超过十个人的画面，一段愤怒与真情交织的往事，在母亲和狄克森的路途中结束了。

《La La Land》：我爱你，也爱我的梦

　　在井冈山农家的第一晚，美女们玩累了躺在床上，听起了《City of Stars》。土土说，她又想起了电影最后男主的想象，很想哭。那个时候的两人，都已经实现了自己的梦想。

　　这个故事很妙，两人因为梦想相识相恋，却又因为梦想而分开。多年后，当二人又偶然走入对方的梦想时，就像初相遇时走入对方的梦想一样，只不过初相遇时那还只是未实现的梦，重逢时已然是实现了的现实。相遇时，石头姐看着打工弹琴的高司令，脑中闪过一连串对一段甜美爱情的想象；重逢时，餐吧老板高司令看着台下优雅端庄的明星石头姐，脑中闪过，如果当初我们没有分开，我们会有的美好。

　　相遇之前，两人的生命几乎完全靠梦想支撑。石头姐试镜，次次碰壁，只能在片场的咖啡店给羡慕的女明星卖卖咖啡；高司令想的是在自己的传统黑人爵士乐餐吧弹自己最爱的爵士乐，可是在老板的命令下只能在西餐厅弹弹小星星。

　　相遇之后，两人的生命就靠爱情和梦想撑着。

石头姐的独角戏依然没人看，高司令加入的乐队跟他想象中不太一样。以前孤军奋战时不能成功就罢了，现在有了身边懂我的人相互帮助相互鼓励，却依然不能成功。两人动摇了。

在一次激烈的争吵过后，两人分开。他们与爱情分开，也与梦想分开。只是，分开之后，梦想不会变，还能与它和好如初，当追逐梦想的火焰再次燃烧的时候，他们依然可以去追去拼搏；而与爱情分开之后，却再也回不去了。

我在这部关于梦想与爱情的电影里看到的更多的是梦想。二人不是没有动摇过，石头姐为高司令迷失了自己对传统爵士乐的忠诚而斥责他，高司令觉得自己是为了赚钱，毕竟还要过日子；高司令面对已经对梦想产生畏惧的石头姐狂按喇叭，几乎是呐喊着告诉她不要放弃试镜的机会。两个人都懂追逐梦想的道路上的苦，所以会有一个很童话般的反差：我们在现实生活中，听到的他人对于追梦的斗士们说的话大抵是："别瞎想了，再这样不切实际下去，会没钱吃饭的。"而故事中的男女主角之间说的话却是："你怎么可以放弃你的梦想，向现实低头！你明明可以继续斗争，再努力一下，说不定就是熬出头的日子。"

从爱情的部分来说，这个片子看起来很苦，二人并没有终成眷属。石头姐试镜成功后，二人本可以复合；但经历过那些追梦路上的分离与迷茫之后，他们知道梦想是自己最不能割舍的。高司令默默地选择了离开，是为了他的梦想，也是为了石头姐的梦想；而石头姐也明白，没有辜负高司令找她来的这次试镜带来的机会。当两人重逢时，实现了曾经阻碍他们的梦想，似乎是拥抱爱情的最好状态，但已不是享受爱情的最好时刻。如果我们能去问剧中的二人："你们后悔吗？"尽管他们再重逢时都会幻想如果没有分开的种种幸福，但我相信，他们的回答会是："不后悔！"能在实现梦想的征途上遇见知己并与其相爱，在这份爱恋中收获美好，更加明确梦想对于自己而言的意义，并在这份意义与彼此逐梦的承诺下最终实现梦想，应该是一个忠于梦想的人对于爱情最美好的想象了。

　　这部影片并不是那么的现实，我知道。我们无法用现实来鼓舞人。这样美丽的童话，即使你知道它是虚幻的，你也依然会因此而保有一份憧憬。

　　其实，大可不必为二人爱情的遗失而伤心。对这份遗憾，二人已然化于重逢时的无言之间了。我想，这也是另一种令人羡慕的爱情吧。

　　当我再见到你时，我没有为实现梦想的你而感到无比的高兴，也没有为因为你依偎在别人身边而感到失去的悲伤。我只想到，如果重来，我们会有多幸福；但我知道无法重来，就算重来，也许你我依然会选择梦想。所以，我看着你，你看着我，你走了，对我一笑。我也笑了，看着你再次走出我的生命。谢谢你曾经来过。

City of stars, are you shining just for me?

Who knows, Is this the stars of something wonderful and new?

两个独立的梦，相遇，分别，再重逢。

《敦刻尔克》：战争中脆弱、发光的人性

之前不是很爱看战争片，觉得太过压抑、残忍。这次诺兰导演的新片上映，冲着诺兰，我也去看了。看完，我改变了自己对战争片的看法：战争片永远有存在的必要，战争片的存在永远都应该是呼吁人们去珍惜、维护来之不易的和平。

记得其中一个桥段：应征前往敦刻尔克的民船上，老船长、船长儿子与一个年轻的帮手一起救起一名坠机落海的士兵。当士兵得知他们即将驾驶这艘船返回战场时，原本就情绪不稳的他骤然失控，发疯似的要求老船长即刻返航。被船长拒绝后，士兵没命地想要掌控方向盘，被船长儿子与帮手上前阻止。混乱中，士兵推开帮手，不料竟直接将帮手从甲板上推下船舱，帮手后脑撞破，死去了。

一个士兵失手杀死了将他救起的人，只因为他的恐惧，对战争的恐惧。他被救起时，眼神恍惚闪躲，沉默寡言，毫无人们想象中一个战士该有的英武之气。这是因为他刚刚被炮火击中，坠机落海。有资料说，诺兰导演采访过一些老兵，他们说："战争片和真实的战争最大的出入在于：电影里的士兵

眼神中都充满信心，清楚地知道自己要去哪，要干什么；而真实的情况是，我们都充满恐惧，没有目标，十分迷茫。"是啊，在恐怖的战争面前，人心是如此脆弱，不堪一击。更可笑的是，我们却以为自己充满自信，在战场上能无所畏惧。战争是如此可怕，竟能使一个人在一瞬间变得惶恐、战栗。影片最后出现的演职员表里，这名士兵的名字就叫"颤抖的士兵"。

那名年轻的帮手，老船长本不打算带上他；但他坚持说："你会需要我的。"他很小的时候就跟着老船长，和船长儿子一起长大。他曾经对父母说过："也许有一天我会登上当地的杂志。"在大撤退胜利后，报纸上印着他的照片，底下写着："战争中的英雄。"他满心抱负，希望能为大撤退献上一份力，只可惜在行船路上就死去了。如果他真的能够到达战场，是会像他所想像的那样，英勇地救援己军，还是会被战争吓倒，在炮火中颤抖呢？我不知道。我只知道，不管如何，他，以及和他一样的百姓、士兵，都不应当被苛责。

船长儿子在船舱里为帮手包扎之后回到甲板上，士兵躲闪着他的目光，虚着声音问他帮手的情况。他有些恼火，眉头紧锁，盯着士兵，憋出一句："很不好！"第二次，他们又从油污遍布的海里救起许多弃船逃生、满身黑乎乎油污的士兵。他们一个个都瞪着眼睛，好似要将眼眶撑裂，颤抖着。船长儿子一个个将他们拉起来，他感受到那一双双无助、恐惧、颤抖的手。士兵又问他帮手的情况，船长儿子望着他，许久，他松开眉头，看着那士兵，说："他还好。"

在这么多无法预测的变数当中，船长儿子经历了怎样的心路历程呢？我想，最初，本能的愤怒充斥着他，他已经不认为眼前软弱、畏缩的人是一名士兵。后来，当他救起一个个浑身颤抖、和那个士兵一样充满恐惧的士兵们之后，他意识到，那个士兵之所以害怕，正是因为他是个士兵，是战争将他们原本坚定的意志摧残成恐惧、怯懦。当他再看到那名士兵时，他看到的不再是一个杀死朋友的仇人，而是他背后令人畏惧的邪恶战争。帮手的死，是战争的错。他望着士兵，心中一悚。

那么，谁该为帮手的死负责呢？从法律角度上来说，无疑是那个士兵。只不过，船长儿子原谅了他，理解了他背后战争年代无边的压力与无力抗争的小人物的悲剧。于是，面对挚友的死，回头看看远处的硝烟正一点点逼近，他忍住痛，冲那士兵一笑。我为他有这样的胸怀感到震撼与感动。可见，即使是在危机四伏的战争里，仍然有那些发光的心，释放着善意，与时代尽力抗争。

"真正优秀的战争片，是告诉没经历过战争的人，战争有多可怕"。

从诺兰的这部电影里，我看到了战争之下颤抖的人性，以及支撑战争结束的、发光的人性。

《小偷家族》： "家"的充分条件

　　暑假学数学，一大堆的充分条件、必要条件叽里呱啦地搞得我头晕脑转。

　　结课后不久，去看了是枝裕和的《小偷家族》。

　　结合了好几篇解读、影评，我在思考：到底什么才是一个家被称之为"家"的充分条件？换而言之，到底是什么，使家之所以为家？

　　信代在被审问时的那段台词，也是是枝裕和拍这部电影想要提问的：有血缘就一定是家吗？没血缘就不能是家吗？

　　有血缘，不一定就有爱；有爱，不一定有责任。有爱，有责任，才能叫家。

　　电影院里，《小偷家族》的海报上写着："我们什么都没有，只有爱。"

　　是的，他们没有钱，没有血缘，不对彼此负责，利益是这些关系的开始，但他们之间萌发了爱。信代与治以为有爱就足够成家，足够让祥太和由里叫他们爸爸妈妈。但他们错了。这很令人心碎，可他们必然需要接受。信代接受了，在祥太探监时告诉了他找到亲生父母的线索；治也接受了，在那个晚上背对着祥太呢喃："最终还是只能做叔叔啊。"

那，孩子们离开了这个"家"，他们就有家了吗？

祥太没有。他不想再去找亲生父母，太久远了，他不记得了，亲生父母太久以前就抛弃了他，他就算找到了，就一定会被接纳进来、被他们认可是家人吗？他不觉得，所以去了孤儿院。

由里没有。她的亲生父母忽视她，伤害她。她面对妈妈时眼里满是恐惧。从身上的第一个伤疤出现的时候起，这儿早已不是她的家，她早已失去了家。

亚纪没有。她的家是父母和妹妹的家，不是她的家。从她假装去澳洲留学开始，这个家她就不打算再回去了，也回不去了。

他们蜷缩在小偷家族中，这儿贫穷脏乱，大家小偷小摸，大家由金钱联系，但大家是有爱的。信代说，他们有羁绊。这羁绊始于利益，却终于爱。他们的爱是被误解、被错过的，是奶奶在沙滩上呢喃的"谢谢你们"，是信代为了留下由里放弃工作，是亚纪被误导以为奶奶允许她不交钱是因为她从自己生父那拿钱而不是爱她，但奶奶拿的钱她一分没动；是由里一个人在阳台上唱着小偷家族的儿歌，是治追着大巴不想离开祥太，是祥太坐在大巴上第一次叫了一声"爸爸"。

小偷家族像是这些被原生家庭抛弃的人们的避风港，尽管残破不堪，却异常温暖，温暖到差点儿就要相信这是我能够依赖的家。

但它不是。它只有爱，却不谈责任。信代和治不让孩子们上学，教他们偷盗，赡养奶奶也只为拿她的养老金度日。由里来了之后，祥太内心的责任感被唤醒了，他开始觉得不对劲，在他教由里偷东西时觉得别扭之后，在山户屋老板用善良向他展现真正的道德之后。责任萌生之后的激烈性爆发，就是为了不让由里被发现而故意被抓。这个表面平静的、无责任的家，也因为有了责任之后而崩溃了。

最后，信代坐了牢，治独居，孩子们各有归宿。小偷家族的避风港被打破，大家最终还是回到了现实社会中。由里继续遭受父母各种冷热暴力，祥太成了孤儿院的一员，亚纪推开无人回应的家门……他们在社会认可而自己不认可的家中，回想着小偷家族的点滴，多少知道了真正的家应当是什么样子，怀着这份向往与眷念，妥协，却不屈服。

《江湖儿女》：都是这么过来的

我对电影的热爱来得有些太晚，错过了许多电影人的经典作品，只能通过后续新作来了解他们，像是用《邪不压正》了解姜文；但似乎又恰是时候，见证了一些惊艳的导演处女作，像是黄渤的《一出好戏》。

前些日子，听说贾樟柯的新片《江湖儿女》快要上映，去了解了"贾科长"以前的作品，决定上映后第一时间去看。周五回到家，发现已经上映，直接买了票，第二天虽然起晚了，也匆匆忙忙去看了。

我想这是一部贾樟柯的电影，更是千千万万人生活的碎片。

"铁打的赵涛，流水的男主"定律在《江湖儿女》中延续。卡司中出现廖凡的名字，其实是相较于贾樟柯而言我更熟悉的"好片标志"。赵涛和他在这部电影里从年轻演到年老，"知乎"上"科长"自己的回答也对这点进行了打趣。更有意思的是廖凡的山西话。说一点都不出戏实在有违良心，但我们都懂：大家都尽力了。

说到山西，汾阳是"贾科长"的标志。亘古不变的灵感来源和故事背景，是"科长"对于故乡的、别样的深沉。这样的人是有魅力的，这样的电影也是有魅力的。

说回电影吧。最令人惊讶的是，巧巧出狱后去奉节找郭斌的情节居然和《三峡好人》接上了。不知道这是"科长"的可爱，还是野心。巧巧无疑是整部电影的主角。她本不是江湖中人，只是单纯地怀着对斌哥的爱情，想好好过日子而已。她是"大哥的女人"，跟着郭斌一起懂得江湖上的规矩、江湖上的人情、江湖上的行为方式，但她始终不属于江湖。她本是个单纯的女孩，向往爱情，相信真心。

后来，她入狱了，为了爱情入狱。斌哥没来接她，她去找他。这时，她是没有依靠的，言行举止越来越向真的"江湖人"上靠。她见到了郭斌口中"五湖四海皆兄弟"的江湖里的各种无情无义，受了抛弃，受了委屈，没事，她依然要回来，回到那片故地，那里是会让她开心的。巧巧在片中笑得最开心的时候都是在山西：年轻时在迪厅里开心地享受生命，回去之后在自己的棋牌室里招呼父老乡亲。她终于踏入了江湖，从"巧巧"成了"巧姐"。

江湖，讲究的是情与义。可惜很多人身处江湖，却不知其旨。郭斌是大哥，但他的江湖更多的是排场和规矩，所以出狱时没有马仔来，失了排场，他离开；所以回来后，上菜的顺序坏了规矩，他怒。也许他刚踏入江湖时，也相信情相信义？我不知道。威严的关二爷，在与不在，又有什么差别呢。巧巧是没想过踏入江湖的，她半推半就也好，总不是自愿的，带着生活所迫的意味。可是她懂这些情与义。她推着瘫痪的郭斌散步，不再是因为爱情，她早已在那几年的漂泊里放弃了这份天真。她是因为义。她比那些混江湖的男人更懂江湖，也活得越来越自由，越来越会活。

还有就是贾樟柯亘古不变的一个主题：大时代的不断变化下，普通人的平凡生活。时代的潮流永不停歇，像是从摩托罗拉到苹果手机，像是三峡工程一点点推进，像是煤矿越来越不景气，人们去南方务工……人们在这洪流中，有的变了，有的没变；有的主动变，有的被迫变。"时代"这个词对大多数的平凡人来讲太宏大了，大到看不到，他们只能看到眼前的生活，像是今天有没有钱吃饭，明天多挣几个钱。新的事物滚滚袭来，人们被推着走，一点点接受，却依然怀念逝去的美好时光。

日子很多样，可能是《江湖儿女》，可能是《山河故人》，也有可能是《小武》；但无论日子是怎样的，大家都是这么过来的。没人逃得过，似乎也没必要去逃。

《流浪地球》：绝望与希望并存

　　即使不是科幻爱好者，"刘慈欣"这个名字也如雷贯耳，令人敬仰。虽然没有读过刘慈欣先生的作品，但从身边朋友们的描述中，我感受到，刘慈欣的作品不单单是充满未来感的硬核科幻，其中也饱含着中国人特有的、对于家国的深情。这样的风格延续到了由其小说改编的电影《流浪地球》当中，使电影更有了一种肩负着中国电影使命的责任感。影片在结尾时有一句旁白："这一绝望与希望并存，持续 2500 年的漫长宇宙之旅，史称'流浪地球'计划。"本片所渲染出的末世氛围、恶劣的地表环境、一次次失败的救援，无不传达着绝望的信号；而真正使这部电影有血有肉有灵魂的，是贯穿全片的有时微弱、有时光明的希望，那是永不放弃的救援队的希望，那是誓不抛弃地球的航天员的希望，那是地球——需要全人类来拯救的地球重焕生机的希望。绝望与希望在危急存亡之时紧紧地交织在一起，左右着人类与地球的前途命运。

　　这是对全人类的未来的绝望与希望。太阳衰竭，原本欣欣向荣、生机勃勃的大地沦为一望无际的皑皑白雪和陡峭险峻的危崖峭壁。人们躲藏在地下城里，见不到阳光，只有模拟屏里的蓝天白云、绿树丛花聊以慰藉人心。就是在这样的绝望中，人们依然心怀希望地尽最大力量去拯救自己，拯救地球。从建设遍布全球的发动机，建造宇宙空间站，到危急关头饱和式救援，直到最后一秒也为点燃木星而努力。即使有着这样强大的意志力，拯救地球的路途也充满了绝望与希望的搏斗，二者此消彼长，有时绝望的颓丧占了上风，使听到救援计划全面失败的地球居民无助地失声痛哭，救援队员停下载着火石极速前进的货车，绝望地喝起索然无味的酒；更多时候，是坚毅的信念与"如钻石般珍贵"的希望指引人们前进，守护最后一颗火石前往救援的队员们，冒着迷失在太空中的危险前往组织 moss 的航天员，还有世界各地的救援队齐心协力支持发动机发射点燃木星的"火柴"，是所有人的希望凝聚在一起，最终力挽狂澜，渡过了生死攸关的转折点。

这是每一个家庭之间的绝望与希望。吴京饰演的航天员刘培强为了能让儿子到地下城在爷爷的照顾下好好生活，不得不忍痛放弃了对重病的妻子的治疗；刘启在地球上眼睁睁地看着父亲刘培强为了挽救地球，驾驶着空间站迎接爆炸，最后也没能和父亲——天上的星星——重逢。这样的打击，对于一个家庭而言，是怎样的绝望？然而，在那样的末世之下，我们不难想象，有多少个和刘启一样的孩子，与至亲分别，甚至因误会与父母之间产生带着恨意的隔阂；有多少个和刘培强一样的父亲、母亲，只能对孩子说："爸爸、妈妈要去执行世界上最重要的任务。"从此踏上也许有去无回的旅程。但即使是这样的末世，家庭之间的温暖犹存，家庭成员们互相支持，互相给予继续生活下去、继续奋斗的希望。

这是这部电影的创作团队的绝望与希望。希望来源于电影人的热情，要拍一部优秀的科幻电影的决心，主创人员的团结与努力。绝望来自于困难的条件，缺乏经验，外界唱衰，艰难的拍摄过程，突然的撤资……很多时候，团队都快撑不下去了，没法完成这部大家呕心沥血打造的电影了，而每每这种时候，挽救整个团队、挽救这部电影的，也是团队自己。大家卖房卖车，几乎是砸锅卖铁地筹集创作经费。突如其来的撤资几乎将大家摧垮，吴京义无反顾地站了出来。这样挽救电影创作、挽救主创人员理想的曲折过程，与电影中挽救地球、挽救人类的情节惊人地对应，使电影更加具有一种令人感动、令人敬佩的力量。

作为开创中国科幻元年的电影，《流浪地球》不只是关于"小破球"的故事，这是关于希望战胜绝望、信念引领前进的故事。

第二辑

那些关于自己的真相

哲学三问：我是谁？我从哪里来？我要到哪里去？这样的问题，从高中生嘴里问出来就成了：我是个什么样的人？我为什么会是现在这副模样？我又想要成为什么样的人？

我们太傲慢了

一天中午，岚岚很开心地来我们宿舍。"我们发现了一只特别漂亮的虫虫。"她手上是一个透明的小盒子，里面有一只昆虫，色彩斑斓，扑扇着翅膀，六足迷茫地在透明的"墙壁"上摸索。

我们凑上前围观："你们要怎么对它呢？""等会就把它放走。"

灏仔细地看了看，转头喊刚洗完澡、在阳台上晒衣服的阿特："这个是你刚才消灭的那只的同类哎！"

阿特湿着头发进来："好像是哎，花纹差不多。"

想起这事，是因为刚才妈妈叫我去看一盆水里掉进了的一只小生物，慌张地在水面上扑腾，想要摆脱张力，可惜细细的足太过弱小。不大的水盆里，翻起了一圈一圈涟漪。我站了好一会，脑子里像是随着小昆虫挣扎而震动的水波。

人在诞生之时就需要与其他的物种相处。好几十万年过来了，人与动物的关系成了现在的模样。也许对我们来说，动物分为人与动物；而对其他物种来说，动物分为它们这个物种、人，还有其他动物。这一点是很奇妙的，人作为一个特殊的物种，"刷"地一下似乎可以和其他的所有动物抗衡。

我时常是很困惑的。我们既开始保护动物，又依然吃着动物生产的肉。古时候的人们发明了牛耕，让牛来替自己做自己不想做、觉得太累的耕地的活。将士们有自己专属的战马，他们骑在马背上冲入战场，视死如归，好像没有问过马儿们是否也有和他们一样的志向，但有很多战士都对自己的战马非常照顾。电影、画作、文学作品中不乏令人怜爱的动物角色。我们，到底是怎么处理与动物的关系的？

蔡康永在《奇葩说》里说过一段经历：他在一个国外的农场里看见一只非常可爱的小羊。他非常喜欢这只小羊，但是会很悲伤：这只可爱的小羊有可能是他们今天的晚餐。他去问农场主："我们今天晚上是要吃这只小羊吗？"农场主连忙否认，说："不不不，那只是我们的宠物，它有名字。今天晚上吃的是另外一只。"而另外一只，它生下来就是要被吃掉的，它是用来提供肉的。

我不明白，我们这样对同一种物种的差别待遇的界限在哪里。是这只小生命有没有名字吗？是它的样子可不可爱吗？是我们有没有对它产生感情吗？就算产生了感情，我们叫它们"宠物"，这个名称和那些我们所说的"肉羊"这个名称，本质上有区别吗？区别大吗？

《侏罗纪公园》里面，人们从琥珀中提取到了恐龙的 DNA，人们让恐龙这个在地球上消失了如此之久的物种重新活了过来，人们做了什么呢？人们像对待地球上其他动物一样，建立了动物园，只不过是只展示恐龙的动物园。

人类自大，但人类也会害怕。所以，科学家们会通过科技手段让"复活"的恐龙们全部都是雌性，不让它们自然繁殖。这个时候的恐龙还是"生物"吗？还是只是一些比恐龙骨架更逼真的"标本"？后来它们证明了自己依然是生物，因为它们想方设法做到了自然繁殖。人类发现了一颗恐龙蛋。

　　我依然不知道应当如何对待人类以外的动物。也许我还是会根据自己长久以来的惯性思维，人类长久以来演变出来的这种思维，像往常一样，"正常地"看待那些动物。

行色匆匆

近来，总是在想这样一个问题：我还闲得下来吗？

从开学以来，每一天都过得特别饱和。一开学就是黑板报和教师节活动，三节晚自习能有一节半是在座位上学习的就不错了；等到黑板报终于画完，想着兴许可以稍微清闲一些，便接到波波"趁热打铁把这个写到十万字"的"指令"，以及悲喜参半的礼仪队招新。现在招新接近尾声，我的十万字却还不见天日。每天被各种事件挤压，用来写作业也好，复习也好，必要的社交也好。这些日子过得太过匆忙，匆忙到我似乎没有时间放空，没有时间感受自我，连小日记都记得少了许多。

我何尝不担心，这样的忙碌会失了真实。会在"开夜车"后最后一个爬上床，僵硬的躯体别扭地安放在枕头和被子之间，瞪着眼睛，空洞洞的，脑中却波涛汹涌。在那一片黑暗中，一天的忽视、冷落之后终于能关心一下自己，却满是担心。不仅仅担心一些心灵和灵魂上的事情，也担心，这样紧张下去，万一崩盘怎么办。

该来的总会来的。在台风"山竹"到来的周末，紧密的计划被全盘打乱，注意力的高度集中也一下子变成一盘散沙。

也许忙的时候会想着，现在是因为有什么事情要做所以才忙，把这件事做完了就不忙了，就这么给自己一个虚妄的盼头，但这个盼头经不起实践的考验：真相是，当一件事忙完以后，必定会有另一件事冒出来，等着你用忙碌来解决。

这么想来，似乎人生永远马不停蹄；而在上学期，我却并不觉得忙碌和紧张。这才是吊诡的地方。

于是，我开始想上学期我在干什么：上学期，开始写日记，跟发了疯一样，眼里只有日记，多小的事，只要有了任何一点情绪上的细微变动都要记下来。看着每天那么多华而不实、大量却低质的文字，还洋洋得意地觉得自己是情感细腻。那时候，每天每时每刻都与自己对话，只是太泛滥了，就显不出价值。那时候，也不在意自己的作业是不是认真完成了，今天学的知识有没有巩固一下，还有我要读的书，我的日语学习。我有些失了心智地摸索自己的生活、学校，还有节奏，看起来闲的背后，是放纵，是成堆的本该完成却被我抛之脑后、不予理睬的任务和责任。

所以，问题并不是说我变忙了，而是我对自己要求高了。

既然要求高了，就应该要具有与之相当的能力才好。这两者总是相辅相成，对自己高要求的过程中，能力也会逐渐提升；能力提升之后，也会慢慢提升对自己的要求。也许人们就是这么长大的吧，会有在乎与不在乎，会有担心和关心，会有过激和疏忽。

把这件事情捋明白了，也就不再害怕了，充实的时候也使我忘记烦恼，不节外生枝，专注于自己和目标，也不再担心会失了本真。毕竟，我依然写作，依然思考。

自卑？高傲？和平共处

　　懵懵懂懂地也会去想一些"我是谁"的问题。不过，在那之前，我要去认识自己才行。在认识自己的道路上，我遇到的最大的阻碍是：在自卑的同时，我又无处不显高傲，而无论是自卑还是高傲，都不曾于外界表露出来。

　　我是能感觉到自己是一个高傲的人的，而且这种高傲有时是为了高傲而高傲。我并不是真心这么想，因为我不会因为有这样的高傲而产生情绪上的波动，但内心会有一个声音说："哎，这个地方你可以显摆显摆，可以去瞧不起别人。"这样的想法像是一个客观存在于我意识中的事物，也许对别人来说是一种情感，于我而言，它更多的是一种联想，就像和昨天吃一样的面包时会想起昨天是和谁谁谁一起吃的面包一样。我既知道这不是我真实的想法，又知道表现出这样的"高傲"会让身边的人感到不舒服。于是，我用自己的言语，或者说"演技"去修改、掩饰这样的想法。这似乎是一种本能，也有可能是我已经忘记了这个能力是如何培养出来的。总之，这一切在我身上显得非常自然又合情合理。

不过，这样的掩饰并不妨碍我的真诚，因为我真诚的感受也不是这样的"高傲"，甚至是跟我通过掩饰表现出来的一样，只是在真情实意和真诚表达之间绕了一个有关"高傲"的联想罢了。

与高傲截然相反却又吊诡地在我身上共生的自卑，则显得更为实在。我的自卑不是一种特点，更多是一种心理，而它向外界展现的时候又非常自然地化为了自信。这一是因为周遭环境的友善，还有的确我还是有一点点资本；二是因为我知道自卑有哪些不好，而自信又有哪些好。只是这样以自卑为核心的自信总是十分脆弱，使我格外地看重外界对我的评价、他人对我的想法。这种自信需要养料，并且是大量的养料，浇灌一次，撑不了多久又会逐渐被消磨掉，消磨到快没了的时候又来一次浇灌。就这样，我的自信得以维持。心里的自卑又好像与那种"高傲"脱不了干系。高傲联想的主体既可以是我，又可以是别人。比如说，有时候说一句话之前，我会想到"如果这样这样说可能会有人看不起我"，然后加以掩饰。同样的心理驱使下，当联想主体是我的时候，我的言语说辞掩饰的是高傲；当联想主体是别人的时候，掩饰的就是我的自卑了。

我的自卑与高傲，我想了好几年，一直没有想明白，一时半会儿也说不清楚；但我确定，我在一步步向真相靠近。我想，这其实也与我对不同思维方式的吸纳包容有关。我没有那么强烈的说哪种是对哪种是错，我只会让属于我的那一套思维方式成为我的真诚，而其他被我吸纳进来的则成为一种提示与客观存在。

不过，这么多年过去了，这种矛盾在我身上还没爆发出什么严重危机。也许是因为，我与它相伴已久，在我还没来得及去思考它的时候，就已经在自然状态下找到了与其和平共处的方式。

这几天，波波组织我们研究一些历史人物，其中就有庄子。介绍庄子的同学中，卢姐的解说让我感想颇多。庄子像是一个从人类社会甚至整个宇宙中抽离出来的旁观者，把一些疑难和问题看得很明白。世人不解，他却不觉有什么无法接受的地方，因为本就如此啊。

想起《奇葩说》第四季最后一集，蔡康永问"四季奇葩之王"："人是不是矛盾的？"从马薇薇到黄执中，一直到邱晨，都点头说："矛盾的。"到了肖骁那，突然冒了一句："分人。"全场大笑。看起来是因为他和康永哥是不同的持方，辩手肖骁对这些陷阱防备犹甚，但其实好像也没什么不对。芸芸众生皆是矛盾的，人有着自己的矛盾性，这样的矛盾各不相同却又极其类似，困扰着每一个人。你不能说这是个不好的事情要去克服它，一是因为克服不了啊，这是我们的天性之一；二是在这样的矛盾中思索，寻找一种独特的解决方式，也是生命的一大乐趣所在。偶尔会在这数不胜数的生命之中出现一个庄子，忽而地把这些矛盾看清了，理顺了，不再像凡人为一些不管身外还是内心之事所烦扰，因为他已经解决了这些困扰的根源——人的矛盾性。于是，庄子在思想上超脱的同时，也少了一些人性的味道。只不过，庄子这样的人，几千年才出一个呢？

历代的思想家们都热衷于讨论孔孟与老庄的辩证关系。卢姐说，我们现在像孔孟的儒家思想一般有着各种礼仪制度，我们的内心深处却怀有和老庄一样的逍遥。这样的现况无疑加剧了人的矛盾。我们会陷入迷茫，会怀疑人生，极端时则会陷入虚无；但认识与实践还是有着本质上的区别。这既是一种限制，更是一种保护。

道家思想认为，人生于困境之中，生命的终极追求是走出这个困境。原谅我心智弱、眼界低，只有燕雀之贪。我想的，是与这个困境共处。有些困难不是拿来克服的，是拿来适应和相处的。我们的力量终究有些渺小，若是没有一些超乎常人的追求与理想，在平凡生活中，困境萦绕不去，没法入更高的纬度去消除的话，"曲线救国"也未尝不可。日子总是要过的，铭记真诚与坚毅并不妨碍我们自寻出路。只要这个出路是我们自己找的，是我们自己相信的，是实践之后发现可行的，不会对他人造成太大影响，都不必固执地不去承认，不去接受。只要我们的内心是统一的，即使这样的统一建立在矛盾之上，我也觉得问题都不大。

小场面，不慌。

信 任

　　我们有句玩笑话叫："人与人之间的信任荡然无存。"

　　有时候会觉得挺可惜，社会发展到现在，我们似乎是过上了更美好的生活，但也越来越觉得世态炎凉了。再仔细一想，"信任"一词难道不是和"欺骗"一起诞生的吗？

　　但我不想再想那么多了。我只想想一些对我生活有用的。

　　我和妈妈关系很好，我想是因为我们互相信任。有时候，我做错事了，妈妈会生气，会在讲完道理后，说："你在我这里的信任值掉了一格！快点帮我拔几根白头发，赚一点回来！"看着我不情愿地坐过来，她会特别开心地爆出一阵笑。

　　我觉得父母和孩子之间应该建立相互的信任。有了互相信任的基础，孩子就不太会觉得父母是存心和自己过不去，不太会出现叛逆，或者说叛逆情结不会过于严重；父母不会无法理解孩子的行为，不会让孩子感到管教不当。

　　互信的建立是需要过程的，你不可能说"我们需要互信"，就能互信了。这是个长期的、潜移默化的过程。比如，父母答应孩子的事一定要做到，说话算数。这样，孩子便敢向父母寻求帮助，诉说烦恼。比如，孩子不要对父母撒谎，父母不让做的事情就不要做，实在想要，就自己去争取他们的理解。这样，父母才对"孩子能过好自己的生活，知道自己在做什么"有一定的信心。

当然，这个过程中也少不了陪伴。

有了互相信任的条件，才能有良好的亲子关系，父母和孩子才能"亦师亦友"，这样的家庭教育才能算是成功的。

再想想，似乎不只是父母与孩子之间需要相互信任，恋人、朋友、领导与下属、师生等的社会关系中，信任似乎都不可或缺。

互信是良性关系的先决条件，互信是矛盾冲突的润滑剂。

但是，单方面的信任不是。单方面的信任是非常可怕的，和没有设防的善良一样。小的伤害，我们可以开开玩笑说："Too young too naive."就过去了，但一旦不幸被人利用，被人伤害，被人欺骗，造成了不可逆的坏的结局，后悔都来不及。

人们的信任是有条件的，至少有脑子的人是。很多时候，信任的条件会逐渐变成亲近的条件、友善的条件、喜欢的条件。每个人标准不同，有些人的标准对自己适用，所以他们还相信世界上有人可以信任；有些人还没有找到适合自己的标准，在一次次失败的"信任托付"中，对信任这码事丧失了信心。

这样也就不难解释，为什么人们常常不会喜欢性格多疑的人。我们看《三国演义》会发现，作者明显是站队刘备的，因为我们会讨厌书中好猜忌的曹操。我们一般是不会喜欢一个自己无法信任的人的。面对一个你想要信任的、却发现对方完全不想信任你、总是把你往坏了想的人，是信任不起来的。

那么，想要别人信任自己，想要别人喜欢自己，就首先做一个真诚的人，不虚伪，让别人觉得你值得信任。真诚的人还有一个好处，人在做，天在看，真诚的人不畏惧自己做过的事、说过的话，他们问心无愧。作为一个真诚的人，在不信任的人面前也可以无所畏惧，因为自己坦坦荡荡，没有把柄可抓。

所以，真诚这件事呢，是有魔力的。只是，太多人对这种魔力嗤之以鼻。

我们能够如何反抗？

又有姑娘坐滴滴顺风车遇害了。

那天，姑娘穿着终于下定决心买下的一直很喜欢的新鞋，去为大学室友庆生。

就在案发前一天，搭乘凶手顺风车的另一名女乘客林小姐也差点惨遭毒手。她成功逃脱后，向滴滴平台投诉，但滴滴平台没有及时处理。从林小姐提供的投诉截图来看，滴滴客服当时显然没有重视。结果第二天，受害人赵小姐就惨遭同一名司机奸杀。一个美好的、二十几岁的姑娘，心心念念过生日的大学室友好久没见了呢，想着今天一定会很美好吧。林小姐也因此事陷入了深深自责，认为当初如果自己再勇敢一点向警方报案，赵小姐也许就不会被杀害了。

这已经不是滴滴平台第一次出事，之前空姐夜晚乘顺风车遇害的惨案还历历在目，这次是白天搭乘顺风车。滴滴似乎向我们展示了：我们对顺风车的安全考量没有最宽容，只有更宽容。

姑娘们在这个社会上行走，似乎一直险境丛生。我们虽然在历史长河中完成了字面上的妇女解放任务，可根深蒂固的性别歧视依然像毒瘤一般在社会中蔓延着。我们想想，一个姑娘健康成长的路上都受了多少考验吧：她有可能出生在一个重男轻女的家庭，上至爷爷奶奶，下至弟弟都可以因为她是女孩而不把她当人对待；等姑娘上了学，有可能会遇上变态的老师，觉得你是学生无力反抗，也不会反抗，本该美好的校园时光被噩梦充斥；长大了之后，有了爱恋，以为自己享受的是一场美好的恋爱，自己真心付出，而自己以为所爱的人却有可能在她喝的水里下药，把她当作一个玩物、一个工具；工作时，她的公司有可能会因为她是女性员工而给她比同级男性员工低的薪水，她想要讨个说法时还有可能被上司性骚扰。

姑娘们多么无奈啊，她们本可以对生活充满美好憧憬，本可以享受自己通过努力获得了回报的快乐。现在，她们只能被迫保护好自己，小心翼翼地活着，在这个一次次伤害她们的社会怯生生地裹紧自己。

也许，这就是姑娘们生而为女子的原罪吧。

在这样的"原罪"下受苦的也不仅仅是姑娘们。性侵，尤其是儿童性侵受害者中也有相当一部分男性。他们的痛苦与控诉声，也常常因为自己的男性身份而被忽略。

我们希望美好不分性别，现实告诉我们的却是：无耻不分性别。

性别歧视仅仅是这大千世界中千千万万流淌着的罪恶的一种而已。面对花样百出的罪恶，我们常常会有深深的无力感。我们也许会失望，难道世界真的就是这么残忍吗？

但我们依然还有希望，不是吗？至少我们还能发声，我们还能做点什么。

孙雪梅女士建立的女童保护组织，已经走进校园，"像教孩子过马路"一样，教孩子们在面对性侵的时候如何保护自己，说出："我没满14岁，你想坐牢吗！"同时，也告诉孩子们如何尊重他人，告诉孩子们永远都不能够伤害他人。他们研发出一些展示教具，通过建立基金会让这些教具进入更多的家庭；他们到各个学校中给孩子们上课，让他们在快乐中学习到如何保护自己。

孙雪梅女士说："面对儿童性侵，我们每一个大人都不能退缩。"

面对儿童性侵，每一个大人都有责任去保护孩子；面对社会更多的丑恶，我们每一个人都有责任去保护彼此，共同对抗。

我们能彻底改变那些无奈和绝望吗？说实话，我不是很有信心；但是，我们依然要认真对待每一个安全隐患、每一个受害者、每一个你觉得有那么一点不对劲的地方、每一个哭着呐喊着"凭什么"的痛苦的人。

为什么？因为我们有良心。

也许我们输了吧，输给了一些无耻之徒。

但我们也没有输。我们还是会坚强地保护每一个瑟瑟发抖的人，还会坚强地告诉每一个人要保护好自己并且尊重他人、不伤害他人。

只要我还没放弃希望，只要我觉得自己还会为这些事愤怒，为这些事认真，我就觉得自己就没有被那些黑暗和卑鄙打败。

悲伤的时刻比悲伤真实

　　标题是我在公众号"四野芒种"的诗《寒冷的日子里遂想起》读到的一句话。当然，接下来想要表达的，和诗歌想要表达的估计没什么关系，我也并不是想要为这首诗做一个自私的解释。

　　人间八苦，物质上的有四样：生、老、病、死。这些人人都逃不掉，是拥有鲜活生命所付出的代价；精神上有四件：怨憎会、爱别离、求不得、五阴炽盛。这些是每一个拥有感情的人都无法避免一件的苦，摆脱它们的唯一办法，是割舍自己所拥有的、曾经带给我们许多美好与难忘的情感。

　　动画片《头脑特工队》之所以收获无数赞誉，是因为它用一种极为可爱的方式，展示了如何用生理上能够研究出来的事实来解释我们奇妙的感情，更重要的是，它告诉了我们，悲伤与其他所有感情一样重要。

　　悲伤的时候，人们在做什么呢？有人会哭，有人会变得暴躁，有的人会选择封闭自己，有的人会埋怨别人。如果我问人们，什么是悲伤，每个人都有不同的答案。每个人处理悲伤的方式也不一样，悲伤带给每个人的结果也不一样。

说到底，当我们提起悲伤，它并没有一个标准形态，只有一种感觉。

但我们有时会对一些飘忽不定的悲伤耿耿于怀。有些悲伤对我们造成了巨大影响，我们总是记得牢牢的，尽管随着时间推移，可能自己也不明白为什么忘不了这件"小事"。我们之所以铭记，是因为它有着非同一般的意义，在不知不觉中，这份悲伤让我们改变、成长；有些悲伤是天大的痛苦，我们想要忘记，却发现越是想要忘记反而越是无法摆脱。它像个恶魔一般，日夜侵扰。我们恨它，因为它带来的改变太过剧烈，但它从不向我们道歉。

我们有时还会有莫名的悲伤，那就更有形而上的味道了。它在心底悄然滋生，轻时让人疑惑它从何而起，严重时足以麻痹思维。我们甚至没有一个可以责怪的对象和理由，我们只是感受到了悲伤，却无法宣之于口。当这阵悲伤过去，我们依然不知道它为何而来，也不记得它从何时而来。望着它离去，我们祈祷着它不要再来，能记起的，是那些悲伤萦绕的时光。

当我们倾听别人的悲伤，看着眼前脆弱的人儿，我们会心痛，会记得他们悲伤的样子，这些指引着我们记住身边人的悲伤。

人们想要给悲伤一个载体，于是把那些悲伤的时刻赋予了悲伤的意义，用悲伤的时刻来记住悲伤。

也许我们再怎么样都依然会觉得悲伤总归不是什么好东西，但我们依然不能失去它。无论是怎样的记忆、怎样的时刻，当我们老了的时候，我们都会发现，它们早就成为了我们的一部分，成为我们之所以与别人不同、之所以独一无二的理由。

我们如何告诉孩子"你好"和"再见"的区别

有一次，一位代课的英语老师说，"Hello"和"Goodbye"的手势是一样的，都是挥挥手。她的女儿对此十分不理解，看着妈妈每次说着不一样的话却做着一样的手势，问妈妈。这位英语老师也不知该如何回答。

她这话抛出来，我们也陷入了沉默。是哎，我们好像没有注意到这个事，也没想过这个问题。

老师看着呆呆看着她的我们，左看看右看看，也有些无奈："我本来以为你们也是孩子，知道怎么跟孩子解释，发现你们原来也不知道。那好吧。"于是，这个话题结束了。

相遇与离别，若是演一部默剧，竟是一样的。

还是说，从相遇的那一刻起，就预示了离别？

电影《爱在黎明破晓前》中，男女主人公在火车上相遇，在火车站告别。男主在下车前向女主发起了"一天环城漫游"的邀约，女主答应了。其实，是因为他们在火车上有了一段美好的相遇与谈话，彼此都不想结束得这么快，这么不深刻，所以说下车玩一天，至少还有一天时间让分别来得晚一点，深刻一点。相遇与分别的时候必然是不同的，你我的心情不同，你我也因为这一次相遇而变得不同。

但相遇与分别又有什么不同呢？相遇可以预示终将到来的分别，而分别同样是下一个相遇的开始。在火车站，二人约定，半年之后，还在这里见面。

你说相遇是快乐的，分别是难过的，那根据心情就能分辨吗？

我向你挥挥手，你却不知道我是在迎接你还是在向你告别。唯有自己心里晓得是喜是悲。

生与死似乎已是如此。只有我见过血淋淋的生，才能更好地面对血淋淋的死。

生，是与这个世界相遇了，你与世界展开了一段奇妙的冒险，你学到了很多。如果幸运，在你学到了够多的东西，做好了与世界告别的准备时，你才与世界告别，只是这段奇遇太美好了，你开启下一段旅程的代价是喝下那碗孟婆汤。不过似乎这样也好，这样就能再体验一次从零开始、一点点学到好多好多事情的美好。

而生与死的场景似乎也差不多。你的家人们，在医院里，焦急。

这其中太玄妙了，我说不清，也感受不全。我想这是一个奇妙的隐喻，只能靠经历、体会才能懂得吧。

孩子不懂这些，感受不了相见的喜悦，体会不到分别的苦痛，无法以此为依据辨析"你好"与"再见"。她还没体会过，没感受过，她还没有学会足够多的东西。

我没学会的东西也依然有很多。我也想继续学。

这也许是我们作为一个生命体中属灵的部分。

孩子，等你经历过，你自然能去分辨"Hello"和"Goodbye"的手势有什么差别。

接受痛苦

　　波波为我的创作提建议。他说，可以适当地写一些困惑和迷茫，体现时代性，不需要去回避什么。

　　我想我确实没有回避什么，但也的确少了一些没那么美好的、有些残忍的事情。我想这是我的幸运。生活中总是以美好居多，没什么烦心的事儿。

　　但仔细想来，那些可以称得上痛苦的事情，大家都有的，我也有，别人没有的，我也有那么一些些；可是，我总是很少想起，特别是当我想要写些什么的时候，或者说，我总是忽视它们在我生命中存在的必然性和作用。我只知道痛苦和悲伤这些自发产生的情绪有它们的价值和存在的合理性，但是对于那些外部撞击自己内心的外来"抗原"，我总是显得更加云淡风轻，比起它们，似乎是它们带来的情绪的不稳定更让我伤身劳神。

　　但似乎这些苦痛又不是一种偶然，而是命中注定，与生俱来。像是那些来自家庭的无法选择无法逃避也无法根除的矛盾和痛苦，像是一些自己不是很想拥有的缘分。其实天注定的事情太多，我们能掌握的事情太少。

前一阵流行"感谢痛苦"的论断，很励志；但我想，身处痛苦之中的人，看到这样的说辞，怕不是不仅感受不到鼓舞，反而会很愤怒吧。

千百年来，无论是大到宏观世界的演变，还是小到每个个体的奋斗，似乎都是在努力解除痛苦，把那些他们认为的痛苦之源用一定的手段铲除。可是，我们悲伤的发现：从原始社会开始，只要是有进展，就一定会在发展的另一面催生一种恶；从小成长到大，只要我们还没放弃，就一定会看到并经历越来越多的恶。

有些恶发生在自己身上，没那么好消化、好处理，于是，对我们来说就成了我们的痛苦。身处痛苦中的我们自然想要摆脱它，却无奈力量渺小；但这些痛苦我们真的快受不了了，于是，把我们自己的痛苦有意也好无意也罢，转嫁到别人身上，然后成了别人遭受的恶。但我们又会发现，这样似乎并没有把我们的痛苦减轻太多，这世间的恶与善又在总体上保持平衡。实际上，使它恶意守恒的，是"人终有一死"这个自然机制。当循环中的一方结束了自己的生命，积累在他身上的痛苦与恶才随之真正地消失。

有时候，失意的朋友向我倾诉他们身上的苦难，有些是因为一时疏忽而酿成大祸，更多的是从出生起就背负上的宿命一般，天生的苦难。这些苦难有解吗？如果去刨根问底地寻求一种根本性的解决方案，无不是陷入无尽且无意义的追问，或是看似解决但实际上积压了更多的苦难。面对这些苦难，我们没有力量去消灭它们，唯一能做的，只有让自己无论从能力、心理，还是实践中，淡化苦难对我们的折磨，强化它带给我们的成长。这是我们最后的抗争，和最后的挽回。生于人世，没有一个人是轻松的，只是各自承担的苦痛不同罢了。我时常告诉我的朋友们：这不是你的错，你会好起来的。别担心，大家都与你同行。

所以人生不易，人生注定艰苦，没人逃得过，只是形式不同罢了。没有谁比谁轻松，大家都在苟延残喘地活着。

说来也是有一些些悲观，但似乎又没那么消极。因为，当我们懂得了这点，才能够更加理解痛苦的存在，更加平静如水，而不是汲汲于消除这样的苦楚，以致变得偏激，甚至因此陷入更大的钻牛角尖式的死循环。这是在给周遭的人和事开脱，我们因此会更能与他们感同身受，会在伤害与被伤害、不同和矛盾中寻找到那一份生而为人的共鸣，没有那么地易怒，久而久之也就更难被伤害，更能保护好自己；这也是在为自己开脱，当终有一天，这些压在我们身上的压力也好，痛苦也好，责任也好，一个没绷住爆发了，我们的恶与负能外泄，并且对别人造成了一定的伤害的时候，也就没有那么绕不出去，也不至于在即使对方已经将你原谅、甚至完全没有记恨过的情况下，依然陷在深深的愧疚与懊悔中消沉了。

我的人生宗旨是追求幸福，而我所畅想的幸福中的我自己一定要有的一个特质是"平静而温柔"。别误会，这个平静温柔不是说要时时刻刻在外在表现上"静若处子"，更多的是内心少一些波澜壮阔，多一些海纳百川。我的所思所想、所做所为，出发点都是为了我的宗旨，而我觉得自己想明白了这个有关痛苦的事儿，对我向"平静而温柔"这个目标靠近是有帮助的。我们总归是无法与痛苦对抗的，毕竟力量微弱。更重要的是，与其与那些既定发生或已经发生的事情对抗，不如是说，好吧，它们实实在在发生了，无论是谁的错还是谁都没错，我怎么去接受它，将它对自己、对世界的伤害最小化，并且把这些事情收拾收拾，打打包，放置在自己内心的某一个合适的位置，丰富自己的内涵。

小　说

　　小冉从来没有吃过这么别扭的一餐饭。没有人说话，只有筷子和瓷碗之间碰撞的声音。她不知怎么的，原来爱抖腿的毛病也忽而改掉了，死死地低着头，不去看对面的姐姐。

　　房门"砰"地一下被大风摔上。姐姐站起身。小冉不自觉地看过去，看到姐姐把房间里的窗户全部关上了。姐姐转身回来，对上小冉的视线，小冉"唰"地低下了头。姐姐回到餐桌前，坐下，还是一样的别扭，只不过多了大风撞击玻璃的、令人些许害怕的声响。

　　小冉快快地吃完了饭，逃离了这尴尬的气氛。她跑进房间里，写不下去作业，抱着自己的粉红豹玩偶看着窗外发愣："山竹"啊，你快走吧，算我求你了。小冉感到，她从来没有这么想去上学。

　　这本该是一个愉快的周末。一直和自己吵架的姐姐这周五就要去外地工作了。她已经计划好了，姐姐离开的第一个周末，应该有怎样的美好。一直到超强台风"山竹"的预警发出之前，她都对这样的周末有着美好的畅想，但一回到家，她就傻眼了：

姐姐的航班因为台风被取消了，硕大的行李箱在她房间里摆着。好巧不巧，妈妈这周去外地出差，本来周六就能回来，结果航班也因为台风被取消了。气象局还发布了停课通知。也就是说，这样令人窒息的气氛，至少要延续到周一。

小冉现在别提多无语了，她已经和姐姐进行了几百回没有意义的争吵，真希望自己周五的时候和高三一起留在学校里，不回家。

姐姐进来了，打开行李箱拿东西。小冉瞥了一眼，看到姐姐的行李箱里一大半都是花花绿绿的衣服，还有五花八门的败家化妆品。小冉不是讨厌姐姐臭美，她只是真的很烦姐姐天天拿这个说事儿。姐姐总是要小冉学着打扮，学学穿衣服、化妆，总有点强制的意味。这让小冉特别不爽。小冉觉得，姐姐太虚荣太肤浅，没有一个她作为从小到大的"好学生"该有的样子。再说了，天天都这样子，不累吗？

小冉冲姐姐喊："你把箱子拖出去行不行啊？好碍事。"姐姐脾气向来不好，回头就是一副"你还有理了"的表情："拜托，这房间可一直是我俩共用的，凭什么我不能在这里放我的东西！"小冉把脸别过去，抱怨："哼，本来你这个时候应该已经走了的！"姐姐气了："哎，你！……哼，你以为我想待在这里受你气啊！"说着，拿着一盒面膜走了。

小冉倒在床上，打着天花板上的夜光贴纸。傍晚时分，贴纸已经有了些许亮光。这些小贴纸已经贴了好久了，刚贴的时候，自己和姐姐关系可好了。她还记得，姐姐站在床上，把自己抱起来，自己伸着小手，把"星星们"贴满了床上空的一方天花板。小冉叹了一口气，翻了个身，对着白花花的墙发呆。后来不知怎的，本来活泼开朗的姐姐变得越来越阴郁。又过了一段时间，姐姐忽然就开始打扮了，没那么阴郁了，却开始总想劝自己像她一样每天早起半小时化妆打扮。总之，在小冉看来，姐姐自从开始打扮之后，就变得怪怪的。

台风攻势正猛。小冉想起之前看过的悬疑小说里的一种模式——暴风雪山庄模式。大概就是像阿加莎·克里斯蒂的《无人生还》里，一群人被困在一个与外界隔绝的地方，在这期间，接连不断地有人死去，或者有事情曝光，直到真相被发现。她觉得现在这样的环境非常像暴风雪山庄模式的背景，超级台风把自己和姐姐尴尬地锁在屋子里，出不去。也许这个台风天里会发生一些什么吧，她想着，抱紧了粉红豹，睡了过去。

过了一个多小时，小冉醒了。她不是被惊醒的，而是慢慢地睁开眼，看了一眼怀里的粉红豹，有些许恍惚。这时，姐姐走了进来，她看着姐姐，说："姐姐，我会保护好我自己的，也会，保护好你。"姐姐这下算是蒙圈了："你没问题吧，小冉？"

小冉当然没问题，小冉刚解决了问题。

刚才，小冉做了一个梦。她梦见怀里的粉红豹忽然变成了一颗山竹。

小冉吓得一把甩开山竹。砸在墙上的山竹，竟然开口说话了："你们广东人还真是台风见太多了吗……对于风力达到17级的超级台风都敢这么嚣张。"

小冉好歹还是看了很多魔幻小说的，她裹紧了被子："拜托，我们是见了很多台风，但从来没见过台风成精的好吧。"

山竹惊了："你怎么知道我是台风精！"小冉一脸"你在逗我吗"："呃，我们会看新闻，这次的台风不是叫'山竹'吗？"

"真扫兴，我本来还准备了一个炫酷的自我介绍。"山竹冒出了两条腿，向小冉走来。"是这样，你是被本台风精选中的幸运女孩儿，可以提出一个要求，我会满足你！"

"……停了这场台风？"

"……这个除外。"

具体的，小冉想不起来她都梦见了什么了。总之，她跟山竹提了一个要求：她想知道，姐姐究竟经历了些什么。

不问不知道，一问吓一跳：姐姐被校园霸凌了。

姐姐在学校里被小团体霸凌了。小冉被吓蒙了。为什么这么可怕的事情自己从来不知道？

小冉忙追问山竹："到底是怎么回事？"

山竹说："你姐姐那个时候刚升入高中，班上有一些爱挑事的女生想找个好欺负的人欺负，看你姐姐邋邋遢遢的，很不起眼，就欺负她，每天嘲笑她丑，对她拳打脚踢。于是，你姐姐就想，是不是我变漂亮了，就不会有人欺负我了？于是，在一个暑假，她学着去化妆打扮。等到开学，所有人都惊呆了。她变得很惹人注目，以前欺负她的人看欺负她不方便了，就慢慢地没那么过分了。"

小冉在发抖。所以，姐姐是受到过巨大苦难的人。想来，在那漫长的被霸凌的时光里，姐姐的安全感已经被消耗殆尽。她需要一些什么来支撑自己，保护自己，于是她选择去包装自己，浓妆艳抹。而对于妹妹，她害怕妹妹也会受到伤害。眼看着妹妹也快要升入高中，她迫切地想要教会妹妹这种保护自己的方式，不想让妹妹也受到伤害。想到这里，小冉忍不住哭了。她知道这样的一套逻辑是多么荒谬，但这对于一个安全感缺失的人、对于自己可怜的姐姐来说，却是那样的合理。

山竹说："好了，我完成了你提出的要求了。"这时，小冉醒了，看到走进房间的姐姐。

这个台风天，果然发生了什么。

写完，我发现自己真的是不会写小说，后半部分可以说非常草率。这是我们某个周末的语文作业。那个周末，正是令深圳人民，不，广东人民心惊胆战的超级台风"山竹"肆虐的时候。当时写到后面就放飞自我了，但是写这个是源自一个有趣但又细思极恐的想法：每一个人的外表其实都是对自己的一种保护。文中，姐姐用一些外在的、非自然的方法来改变自己的外表，达到增加自己空虚的安全感的作用。当然，并不是每一个爱臭美的女孩子都有这么一个悲伤的故事，大多数的姑娘还是怀着一份好奇和少女心开启自己的美妆之旅的。只是，有时候我们觉得一个人不太对劲的时候，可以想一想：他是不是有什么难言之隐或者其他的伤痛没有被我们知道，所以我们才觉得他奇怪？就像面对一个大哭的人，我们如果随意呵斥他太过软弱、哭声聒噪，未免太过刻薄了。

过程主义与结果主义

之前看过木鱼水心对于日剧《白色巨塔》的系列解说，对于他在最后解释的"过程主义与结果主义"，想起一些事情。

这部剧围绕一场医学院教授的接班人选举展开，主角财前和里见分别代表两类思想不同的医生：财前急切地想要当上教授，甚至为此不择手段。因为他认为，只有像他这样艺术高超的人当上教授，才能对医学、对他致力终生的癌症治疗研究做出贡献。平日，他对病人也不常投入感情，甚至把一台台手术当作竞选的棋子。而里见，全心全意地治疗病人，贯注了全部情感，照顾病人们的个人感情，尊重个体的选择。对于医院内部的种种腐败与无情，他甚至可以抛开前途、家庭，去揭露这些黑暗。只因为他相信，医学的最终目的应当是治疗，陪伴每一位患者。

其实，归根结底，两位医生的不同源于观念上的差异：财前奉行结果主义，只要最后的结果使医学发展了，那么中间的过程再怎么不堪也在所不惜；里见奉行过程主义，即使是为了再崇高的信念，也不能成为恶行的借口。

事实上，财前和里见都是对医学充满理想的医生，而更多的医生，是像《当呼吸化为空气》中所描述的平凡的医生，恪守岗位，引渡死亡，认真地做着手术、治疗。正是两人对于医学的理想与热情，才使得他们有着激烈的情绪，剧情的发展因此而波澜起伏。

颜如晶在《奇葩说》中介绍过一句黄执中说过的话："许多事物没有高下之分，只有左右之分。"结果主义与过程主义便是如此。结果主义可以刺激人努力得到结果上的正义；但过分看重结果的路途上可能会伤害到许多人。正如财前虽然最终成为了教授，但一路上的暗地交易、存心利用的事可没少做。过程主义能时刻警示自己不得逾越准则与底线，却需要更长的时间来取得想要的结果。机会却时常不等人。像里见为了照顾病人、揭发医院的腐败，不仅断送了前程，与家人的关系也跌入冰点。

那么，抛开医学的理想与医生的身份，在结果主义与过程主义中，我们又该如何抉择呢？我想，凡事皆不宜走入极端。在日常生活中，在不需要太多戏剧化效果的现实中，过分地偏向任何一种都不太合适。唯有平衡好两者的重要性，才能使我们既过得舒心快乐，又不会违反了道德，良心受谴。

我们对一件事总有两套相反却都很有道理的理论，这种对立的存在也许是为了避免世人对某一种理论陷得太深，走入极端。当我们在一种理论里有些钻牛角尖的时候，就有另一套理论把我们拉出来。于是，两端的理论轮流地将我们拉一拉、扯一扯，我们大多数人才得以安安心心地生活在平衡点附近。

程度上的区别

升入高二的前一个月，一种奇怪的氛围让我非常非常的不舒服。忽然之间，我们成了"学长学姐"，各个部门社团各种招新各种考核，无论是身边同级的朋友们，还是自己在对新高一的面试和交流之间，都感受到一种我非常不喜欢、非常不习惯的、难以言说的、高二对高一的一种从上而下的指指点点，和高一对高二的一种小心翼翼。去年，室友蚊子进入了学校电视台，不是很想在已经成为一个团队之后还把"学长学姐"这种别扭的称呼一直挂在嘴边，为此引起了当时高二同学的些许不满。这其实跟她自己的经历有关，她从小就和家里各种哥哥姐姐小舅小姨一起玩，对于七八岁的年龄差从来不觉得有什么，让她一下子对只差一岁的学长学姐只因为年纪而恭恭敬敬，一时间难以适应。她说："不就差一个年级一岁而已吗，搞不好我们还同年呢，至于吗？"

反正我因为现在处在"学长学姐"的位置上而被裹挟在这样的气氛里真的觉得极度不适。这种不适大多来自于同级的朋友们。我的朋友们都很优秀，很多都是自己所在团队的管理者，对招新工作直接或间接负责，于是，他们就会有许多对新高一学生的评价。我听到最多的评价是说这届新生"很不礼貌"。一开始很费解，能怎么个不礼貌法？什么叫作不礼貌？后来慢慢发现大概是：不叫"学长学姐"，单删高二的微信，见面不打招呼，措辞不尊重，语气随便……有些是真的会让人觉得有失分寸，但大部分我都觉得"没什么啊"。这下我发现，身为高二的我们，有一种对高一的俯视，因为年级高一级就有一种理所当然的、像是上级对下级的、稍显苛刻的要求和评头论足。面对招新，高年级学生当然希望能有较为严格的要求，以便招到优秀的、能力强的成员。只是，当这样的严格在脱离了面试这样的特定环境，面试官变回高二学生，面试者变回高一学生后，依然不依不饶地如此要求，就很令我费解和浑身不舒服了。

我自己觉得，我们都是学生，都是红岭的学生，所谓"学弟学妹要对学长学姐尊敬、礼貌、小心谨慎"，对我而言是十分荒唐的。为什么高二的就一定要高高在上？为什么高一的就需要低声下气？大家都是普普通通的学生而已啊，非要把好好的学校搞成一片江湖、一个小社会，干吗呢。

不过，抱有我这种想法的人太少了，无论是高一还是高二。还好，大多数人是真心相信这种理念。于是，高一时真的很"有礼貌"，很小心，高二了也这样去要求新高一，所以，至少还算"生态平衡"了。而对于真心不接受大众理念的我，也懒得去所谓"反抗"。高一时，知道很多学长学姐都要求我们对他们礼貌，于是，在他们面前便会更注重自己的行为举止一些，避免引起误会；高二了，自己面对学弟学妹自然不会有因为高一级而莫名产生的优越感，本着大家都一样、都平等的原则和他们相处、工作；而在朋友们吐槽"我跟你说有个高一的特别嚣张哦"，我一听就觉得不舒服，有一种无理取闹的感觉，知道他其实只是因为高一级而有的苛刻时，打个哈哈也就过去了。他们这样想着，和我不一样，没啥要紧，自己稍微顺应一点，随和一点，不打扰他们的内心秩序，也保持着自己的不动摇。

但即便如此，我似乎也因为这样的不舒服和些许抗拒显得格格不入。身边的人基本上没有不这么认为的，只是程度上的区别而已。而当我在真实地与新高一打交道的时候，也会犹豫：我真的要一点"架子"都没有吗？那个分寸究竟在哪？

阿特是外联部的，我想她在这方面必定深有感触，于是，向她询问对于这种氛围的看法。阿特说，自己在街舞社和学弟学妹们的关系很好，打成一片；但是面对来面试外联的学弟学妹们时，会凶一些，要求高一些，这是没法避免的。因为外联部公务繁忙，且细节特别多，需要他们一次记住，最好以后都不需要再教。她们当时面试时也是这么过来的，不知道被学长学姐骂了多少次，等到了高二，也就体会了他们的心情，也就走上了相同的道路。她说，学长学姐们都说，外联部一届比一届温柔。

所以，或许也是一种迫不得已的解决方式吧，没人真的想这样的。像是金声合唱团的团长在加排的时候很霸气地说"抱怨就给我滚出去"一样，人都是很好的人，都是到了怎样的位置才懂得了怎样的处世之道，各人有各自的纠结与无奈。

人终究会被外界影响。我和他们又有什么不同呢？有也只不过是程度上的区别罢了。

有什么样的想法都不要紧，注意一下程度上的区别就好了。

呼吸宵雨与山眠

　　"为什么我们花了那么多时间长大，却只是为了分离？"像这样的问题，不需要答案，却也足够悲凉。

　　玉钩挂月，暮夏飘雨，苍树落叶，南天迎雁，山头衔日。年年如此，岁岁有人长叹，垂首，痛饮，泣涕。校园还是一样的校园，年复一年地看着人们在此相遇又分开，多少人三年的青春被咀嚼揉碎在这碧空下的操场。所谓"热烈而香甜"的情，也不过与那循环往复的自然规律一般，有迹可循，无路可退。不神秘，也不优越，却让人趋之若鹜。

　　有的分别突如其来，令人措手不及，空留错愕与虚无。新冠疫情期间，母亲的大学年级微信群群主、当年学生们的"领头羊"，在愚人节当天去世了。不是因为新冠，而是因为心病旧疾。第一个知道此事的，是现在的群主：一早起来查看手机，微信通知——您已成为新群主。母亲讲着讲着便落了泪。人们似乎总觉得日子还长，明天依然会如往常一般，却不知道意外从不讲道理，也从不顾及人情世故。

　　有的分别有着确切的日期，时间，在一分一秒中逐步迫近，匀速而稳健地逼近，不易察觉；可一旦注意到，就令人喘不过气来。7月11日毕业典礼，三年高中，六年红岭，原地终结。不论美好或痛苦，不论寻常与难忘，不论满足或遗憾，全部划进回不去的过去。留不住，抓不来，回不去。

　　山间频雨。雨水敲打着榕叶，敲打着钟楼，敲打着墨绿色的窗栏，敲打着红一片绿一片的操场，敲打着朋友的伞面，敲打着欢声笑语、朗朗书声，敲打着舍不得的一切。究竟，在留恋些什么呢？

　　空山新雨后，天气——褪去了浮躁。心中发颤，害怕着一步赶着一步的钟表指针，害怕着镜子里凝视着漆黑双眼的自己。不觉吸气——

　　路，还要往前走。

　　至少，还有人与事值得珍藏。

　　"呼吸宵雨与山眠，拥抱天明。"

第三辑

成为和生活一样美好的人

女孩抱着一罐玻璃球，迈着小短腿啪嗒啪嗒地往前跑。一不留神，跌了一跤，玻璃球罐子摔破得十分彻底，玻璃珠子满地滚。女孩抬头，看到撒了一地的玻璃球，笑了。虽然摔着了很疼，虽然玻璃球可能捡不回来了，但是她觉得，阳光下的这幅画面，真美。

中年少女

　　"中年少女"是最近流行的词吧。我搜了一下，大概有这么几个特征：

　　1. 喜欢粉色；

　　2. 脱发；

　　3. 爱逛某宝；

　　4. 开始养生；

　　5. 想和"小鲜肉"谈恋爱。

　　说是中了三条就是"中年少女"了。我反正是个"中年少女"没跑了。

　　与其说我是跟着标准来定义自己是"中年少女"，不如说，我觉得这个词很有意思，很贴切。少女总是心怀憧憬，甜甜的，无忧无虑；而中年，总有一种"看破红尘"的平静，内心平淡而包容，但依然有着对幸福的追求与幻想。这很像我对自己的期望。

　　当某些情况下需要自我介绍的时候，我总是会很窘迫地不知道该说些什么好，因为想说的太多了，每一个都不想省去，就变成了无话可说。我是一个很有表达欲的人，我从不隐藏这一点，因为我觉得自己光明磊落，没有什么不能说的秘密。我也好展示，不喜欢平铺直叙地介绍自己，喜欢把我的样子展现出来，让想要了解我的人自己去感受我是什么样子的。

有一次，周日返校，离晚自习开始还有将近一个小时，明明作业还没写完却浮躁得很。岚岚似乎看出了我的浮躁："你有没有兴趣陪我随便走走？"一口答应。两个人走得不慢，绕了一圈又一圈。路上遇到好多人，熟人、朋友、陌生人。遇见分班前的同学，她和社团的朋友正准备聚餐，蛋糕却撒了一地；遇见岚岚的朋友，她们寒暄了两句，因为我听不懂的梗相视而笑。遇到他们的时候，都有着只属于那个相遇的对话、只属于那个相遇的眼神、只属于那个相遇的故事。像是闯关游戏，主线向前延伸，每遇到一个人都解锁一段奇遇，串起了好多人、好多支线故事，每个人都有着他们的故事与经历，又是另一个视角下的主线剧情，又串着好多好多人、好多好多故事。当时还没有智能手机，遇见只能靠实实在在的相遇，那种感觉很真实，很奇妙。每个独立的个体，在冥冥之中被一种神奇的力量牵引，我们俗人不懂这力量，斗胆称其为"缘"。上天费尽心思创造了 70 亿个不相同的主线，又让它们彼此相连，看着每一段长长的冒险之旅一节一节地被点亮，当整条线都被点亮的时候，上天就把故事的主角带到自己身边，请他为自己的这款游戏做出一个评价。

人生是很奇妙的。在这样的年纪，我们开始对人生的思考，有自己的见解。人生被我们认识了，它像艳阳下的篮球场，像早就唱熟了的铃声与眼保健操，像叠得高高的书和试卷还有一大捆用完的笔芯与水笔，像最喜欢的 15 块钱一杯的奶茶，像爸爸妈妈送的生日礼物，像风吹过开满花的树梢变成淡淡的粉，像深夜灯火通明只听小雨淅淅沥沥。

也许再长大，人生就像别的东西了，人生又换了一副模样。也许我以后会心生埋怨："你变了！"即使我心知肚明它始终如此，变的只是我，但我至少有过这样一段对人生的理解与感受，足够让我去回忆留恋，足够让我相信"人生是可以很幸福很美好的"。我也希望每一个即将对人生失去信心的人，同样意识到这一点。

前些日子，重写了《三块广告牌》的影评，忽而想起在电影院里念念不忘的那首插曲。《Buckskin Stallion Blues》，很悠闲美好，细水长流，却又深沉大气。真的非常非常喜欢了，在家里码字的时候，电脑旁是一杯热牛奶，或是晨光熹微，或是暮色渐晚，耳边是那轻柔的布鲁斯小调。

"I heard you sing in tongues of silver. I heard you cry on a summer storm.
I loved you, but you did not know it. So I don't think about you anymore.
Now you're gone, and I can't believe it. I don't think about you anymore.
If three and four was seven only, where would that leave one and two?
If love can be and still be lonely, where does that leave me and you?
Time there was, and time there will be, where does that leave me and you?
If I had a buckskin stallion, I'd tame him down and ride away
If I had a golden galleon, I'd sail into the light of day
If I had your love forever, sail into the light of day."

觉得这样的音乐是最贴现实的。生活并不总是激情澎湃，也不总是痛苦失意，更不只是一段恋情、一片光阴。它起起伏伏，却像有相关关系的散点图一样，在回归直线附近游走。一生中各式各样的情感混杂在一起便互相抵消，只余平和。只想戴着一顶小帽，穿着宽松舒服的牛仔服，抱着老旧的木吉他，信手拨弄，诉说着平生所思所想、所知所见。

生活从不简单，希望生活简单却无力反抗它的高深莫测的我们，只能无奈地笑笑，说一些自己也不知道什么意思、也不在乎说的是有道理还是没道理的人生感悟。

　　"要是所有的事情都像三加四等于七那样简单明了，还要一和二这些其他的奇妙之事做什么呢？"

　　我想要成为一个有智慧的、真诚自由的人。希望你也是。

　　"中年少女"，我觉得这词儿挺可爱的。

对镜贴花黄

初中时，小琳问过我一个问题："如果五年前的你看现在的自己，你最惊讶的是什么？"

我说，化妆。

她说，她也是。

我妈一直很苦恼的是：她又不化妆不打扮，怎么就一天天看着我的化妆品越来越多了？

关于这个问题，我也不清楚。大概是一个暑假，无意间看了几个美妆视频，种下了种子。不知过了多久，种子发芽了。

化妆这事儿吧，其实是很私人的。无论是它的动机、它的形式，还是它的效果、它的意义，每个人都有不一样的答案。

我的化妆之路，曲曲折折的，现在想想都觉得丢人。

有些是几乎每个化妆的姑娘都经历过的：从把脸抹得惨白，到终于懂得用适合自己肤色的粉底；从涂一点都不衬肤色、自己却莫名其妙很喜欢的唇膏，到摸清自己适合哪些色系的口红；经历过烂脸的惨痛才知道怎么爱护皮肤，经历过盲目地求艳才知道什么是真的锦上添花。

不过，我有个一直过不去的梗：我的眉毛。

本来我的眉毛就比较奇特：它没有什么形状，杂毛长得和真正的眉毛一般长一般密，以至于我长期以来都不明白自己的眉毛究竟是什么形状。这就算了，当我终于弄清自己的眉毛到底是什么形状的时候，我非常惊恐地发现：居然是一对八字眉。我的八字眉可好玩了，本来就够"八"了，做一些比较夸张的表情，比如惊讶、大笑之类的，它会更往下拐，更"八"。这是一对自带喜感的八字眉。

好吧，八字眉就八字眉。当我要开始学着画眉毛的时候，不可避免地就要先修理杂毛。呵，都怪我年少轻狂，抄起修眉刀就是一阵刮。刮杂毛倒是刮得挺爽，一把杂毛清理掉，就怀疑人生了：眉毛被我摧残得极其细，再加上本来就不算浓密，远观跟没眉毛基本没差别。那是我人生第一次体会到眉毛对于颜值的重要性。

从那时起，我就踏上了每天都必须画眉毛才出得了门的不归路。不知道为什么，那次一刮，我的眉毛并没有慢慢长回原来的样子。它有长长，可是越长越稀，而杂毛还照样长。我现在基本已经放弃让它自然恢复的希望了，都画眉毛这么久了，熟练了，也习惯了。就这样吧。

当我画了两年眉毛，跌跌撞撞、不断探索后终于学会如何画得贴合又自然时，我以为这事儿就这样归于平淡了。八字眉一撇，嘿嘿，怎么可能。

一次，学校要开一个全国性的大会，把我们礼仪队的姑娘们抓去做会场礼仪。我感受到那次大会很重要，是团委老师说要给我们请化妆师的时候。说实话，化妆师，特别是这种大会化妆师，对我来说是很令人畏惧的：红到天上去的腮红，奇奇怪怪颜色的眼影，还有我的八字眉听了都想打人的韩式平眉……果不其然，那天一早的团委活动室里满是姑娘们无力壮槽又觉得好笑的哀嚎。我像往常出门一样化了简单的妆，姐姐说帮我调整一下。到了眉毛，姐姐说，我帮你修一下吧！本来还挺激动，专业的人帮我修眉毛哎，也没多想。直到活动结束，我卸了妆，一照镜子又是和当年一样的怀疑人生：我的眉毛后半截都给直接剃掉了。一夜回到解放前，失去两边半条眉毛的我又开始了如何画眉的探索。

　　经过了各种曲折，我现在化妆也不会化很艳了，基本上粉底都很少涂，顶多皮肤不太好的时候遮一下瑕，画个眉，涂个口红就够了。不会再像不懂事的时候一化就是一小时，出门吃个午饭都要早起化妆。学校抓女孩子们化妆，我顶着两条假得还挺逼真的眉毛，也没被刁难过。

　　很多人说，小姑娘家家的化什么妆，不学好。其实，这事儿跟早恋是一样的，有害还是有益都是看自己。只要自己心里清楚自己该做什么，自己的目标是什么，懂得努力，什么都影响不了你，可以去做些自己喜欢的事、享受的事，同时，把这些事转化成为更好的自己的动力。说到底，做什么都只是表象，做一件事的动机与思维方式才是一个人本质性的东西。喜欢化妆、经常化妆的人，和不化妆、抵触化妆的人在化妆这件事上没法达成共识，因为他们对待化妆的态度不同，思维方式不同。而即使是化妆的人，也因为动机不同，也会获得化妆给他们带来的不同结果。其他事物也是一样，以偏概全是世界上最大的遗憾，而以多概全是世界上最大的误解。

　　至于我，只是觉得生活美好。人面桃花相映红，探寻世界的美好，也想以更好的姿态去踏青。

暖　冬

　　我喜欢春芽夏花秋叶，顶喜欢的那种，可我最爱的季节是冬，只有枯枝的冬。这是很奇怪的。热带出生的我耐得住汗流浃背的艳阳，却在寒潮面前不知所措，怕冷却不知如何添衣才不显笨拙。干燥起皮的反肤、干冷沙哑的嗓子、升旗仪式要穿的礼服裙摆下只穿了一条长袜，弱小、可怜又无助的小腿，冬天是会让我瑟瑟发抖的，不知是因为冷还是害怕。所以只能蜷缩在鱿鱼似的连帽棉衣之下，围巾再围多一圈。

　　尽管如此，我还是眷恋冬天，也时常埋怨深圳的冬天不落雪。深圳的冬真的很奇妙，乍一看，树木大多还有着不少的绿叶，世界也没有变得色彩单一，你分辨不出它处于哪个季节；可是，当你真的走入了它的冬，它也能让你冷到怀疑人生。我知道我这么说在北方人眼里是无病呻吟；但在深圳的暖冬里，我也的确冷得直哆嗦。

　　特别中意冬日暖阳。深圳的冬就有这一个好处，从不吝啬阳光。冬天的太阳不像夏天的那般泼辣狠毒，如一道道劲鞭火辣辣地抽打着皮肉；又不像春天的那般忸怩作态，躲在云后，藏于雾间；更胜过秋天萧萧瑟瑟的，细干细干的树枝苦巴巴地戳进去。它完全可以兼顾寒冷和艳阳高照。冬日的太阳打在身上似乎没有温度，不能指望它为你僵硬的肢体解冻，但你可以在这样的阳光下收获幸福。你是不容易直接看到苍白天空中的太阳本阳的，它的光芒噼里啪啦散落在沥青路上，你觉得它似乎无处不在，整片天都在倾泻着阳光。在一片广阔天地晒晒这冰冰凉的阳光，黑色的瞳孔微微泛棕，发质欠佳的黑发被照成了浅褐，喘口气的间隙咧出了一个笑，眼前飘起一小团白雾。踢踏路边的小石子，它们的样子和阳光一样活泼调皮。不知为何，这样的温暖与冬天的寂冷毫不冲突，反而像和糯米团一样温柔地和在一起，变得甜甜的。冬天的阳光像是晶莹剔透的玻璃罐里装着的水果硬糖，用一块小花布扎紧封口，摆在最喜欢的阿嬷的小店窗台上。阳光下的自己像个孩子，为它深深着迷，趴在窗户上移不开步子，眨巴着大眼睛，那罐水果糖是她能想象到的最美好的事物了。所以，在冬天，总想着创造一些阳光下的美好，做成香甜的夹心，注入一颗颗水果糖，小心地收藏在那美丽的玻璃罐里，放到插着桔梗花的花瓶旁，任纱帘抚过，光影流动。

也许，喜欢冬日是喜欢在没有温度的日子里，遇到的那些有温度的美好。

我想我就在这里结束

选了文科之后，数学很少有不会做的题了。当然，数学也是文科生接触得最深的"理科"了。

对于数学研究本身，我自然是没什么兴趣。但是，对于美妙的、时间跨度长的数学问题解决的故事，还是觉得有其自己的魅力。

关注了一个 up 主，木鱼水心。他平时以做电影讲解视频为主，偶尔会有些其他方面的涉猎。那天看了他做的《费马大定理》，感受到了冰冷的数字在有温度的人的组合下，所产生的诱人的吸引力。

费马大定理从诞生之初就是那么令人着迷。"对此，我有一个美妙的论证，但这里空白太小，写不下了。"我们对于这个已经由前人证明过的美妙的定理，不知道它的证明过程、证明原理，只有一个简简单单的公式：$x^n + y^n = z^n$（$n > 2$ 时，没有正整数解）。好像一个精彩绝伦的悬疑小说，告诉了你会有一个绝对让你着迷的结局，却迟迟不告诉你下文。就好像那个经典的 25 字科幻小说："地球上的最后一个人独自坐在房间里，这时，忽然响起了敲门声……"一石激起千层浪。

它曲曲折折的一次次失败的证明与一次次历史性的突破同样令人着迷。欧拉开启漫漫历史长河中人们对费马大定理的执念，柯西和拉梅的戏剧性故事更加重了它的神秘感；从谷山志村猜想带来的巧合般的令数学家们欣喜若狂的新发现，一直到后来，怀尔斯的不懈坚持、过人的才能、对数学的真挚的热爱、对"证明费马大定理"这一童年梦想的执着，终于为这个美妙绝伦的数学故事书写出被期待了385年的结局。人类的论证之所以高雅，不仅仅是因为人脑有着计算机、人工智能无法比拟的那一部分关键能力，更在于其由有血有肉会犯错、会绕进死胡同里的人完美地解决了纯数字的、亘古不变的、没有温度的一个式子。曾为情所困、决意在午夜自杀的沃尔夫斯凯尔，在临自杀前读到库默尔论述柯西和拉梅证明费马定理的错误，竟会情不自禁地计算到天明，设定的自杀时间过了，也割舍不下问题的证明。对数学的研究让他重生并成为大富豪。1908年，这位富豪死时，留下遗嘱将其一半遗产捐赠，设立沃尔夫斯凯尔奖：凡在2007年9月13日前解决费马大定理者将获得10万马克奖励，以谢其救命之恩。怀尔斯抱着童年就开始的对费马大定理的痴迷，秘密潜心研究数载，在三次演讲中一点点地展现自己的成果。论证完毕，他说："我想，我就在这里结束。"在进一步修改出完美的论证之后，被问及当时的费马有没有可能真的证明出来了的时候，怀尔斯坐在溪边草地的一块石头上，手放在一前一后的膝盖上，脸上是他最招牌的微笑："费马不可能证明出来，这是一个属于20世纪的证明。"

　　想来，人类似乎总是在"自找麻烦"。我们大可不必去纠结一些看起来毫无用处的理论、定理；但因为有人热爱，有人沉醉，我们揪住它们不放。我们本不需要那么多科学、文学、哲思，美也能生存，像各种各样的动物们一样；但是，我们"自找麻烦"地给自己添置了这些如今看来必需的"必需品"。而正是这些，我们才被称为"人"。

其实，这些我们眼中"魔鬼"一般的数学定理及其论证，还有那些"魔鬼"一般的数学家们，在属于他们的世界中，那么富有魅力，那么美妙而令人心醉。

　　我们总有自己的热爱，无论是在哪个方面。在我们自己热爱的世界中，一切都充满着无穷的吸引力，我们从不担心会丧失兴趣与好奇。我可能无法理解和认同你的热爱，但我懂那种热爱的感觉。人类的感情，总归是有共鸣的。

娟 儿

　　有一天的语文作业是改写《涉江采芙蓉》，算作对这首诗的预习。已经想不起来当时是什么原因错过了这份作业，只知道在讲完《涉江采芙蓉》之后，自己舍不得这首诗，默默地自己给补上了。

　　已经是夏天了啊。薄薄的云雾弥漫江岸，阳光洒下来，又清亮又温柔。荷花隐隐约约地透出柔嫩的粉，水珠在荷叶间打着旋儿，微风吹起绢丝般柔滑的江水，一切都泛着微光，朦朦胧胧的。

　　你走的时候，恰是芙蓉满塘盛放的时节。你我在桥上吻别，一片压一片的叶和一簇又一簇的荷是你承诺的见证人。我抱着一份日益在记忆中变得模糊的誓言，伫立空望。

　　还是去泛舟吧。我提起青白色的裙，小心翼翼地踏上船。我摇着桨，小船荡啊荡啊，长长的青白色衣袖飘过缓缓流逝的水，微风拂过我青白色束腰裹着的腰肢，拨动我系着青白色发带的乌黑长发，吻在我微热泛红的面颊上。啊，一定是你，一定是你让风这样做的。

　　我悠悠地穿梭在没了人头的荷花丛中，兰草长长的叶轻轻地拉动我的手臂，一晃便是漫江的沁香。兰草啊，兰草。你多像他呀。是他让你留下来陪我的吗？

我采下那朵芙蓉。记得你走前，弯下腰采下一朵荷，说："来年再见此景时，再将这荷还给你。"现在，荷花又开了满塘，荷叶又宽又硬，小船被我修修补补了好几回，我准备好了最美艳、最柔软、最羞涩的这朵荷，可是我要还给谁呀？是稍纵即逝的风，是纤纤芬芳的兰，还是那一轮暖阳之后，好远好远、好远好远的你？

我望进那太阳。我仿佛看见，辽阔无边的漫天黄沙之上有一匹小小的马，马背上有一个小小的人，小小的人咬着牙，洒着汗，赶着马儿，目光坚定地钉在远山间炽热的太阳，望进他的故乡，望见他青白色的可人儿。我仿佛又看见，重重叠叠的山峦间，有一匹瘦弱的马，马背上有一个悲伤的人，悲伤的人频频回头，在高处送目，却只能看到山脚下曲曲折折的漫漫长路。末了，只余一声叹息，轻拭眼角。哀伤啊，哀伤啊！我的爱人，为何如此对待自己，为何如此对待你的娟儿？

我的爱人啊，娟儿明玥与你心心相印，明明与你两心相许，明明两颗炽热的心已一丝一丝地缠在一起，可，思念的桥却架得那么高，那么远。你知道吗？每当我看到那片池塘，便会忆起曾与你一起度过的美好，忆起那时暖暖的阳，飘飘的柳。可当我晃过神来，环顾四周却不见你的身影，只留下臂间青白色的绸带，它险些由风卷走。我的眼渗出两行青白色的泪，溶进艳红的胭脂，化为芙蓉一般的嫩粉。

青白色的江上，泛着青白色的人儿，在青白色的柔雾中，采集着粉蔫蔫的芙蓉，滴出一滴滴别离的泪，折射出淡淡的阳光，晶晶莹莹的，化进一圈圈荡远的愁波。

"涉江采芙蓉，兰泽多芳草。采之欲遗谁？所思在远道。"

花

春天要到了呢。

其实，在深圳，这类说法实属无稽之谈。毕竟深圳的冬与北方的千里冰封、万里雪飘相比，"冬去春来"倒像是句玩笑话。

说是这样说，但是被这温暖惯坏了的深圳人，还是想在这个细微的变化中感叹两句，矫情两下。

一次傍晚，和妈妈乘车归家，等着漫长的红灯。不经意地一转头，惊讶地发现簕杜鹃竟已经开得这么好了。薄如蝉翼的花瓣随花枝荡漾，尽力地向上生长着，似乎是要去够那皎洁的月。

花是春的心事。花开是春的信号，花繁是春的狂欢。看到那翘棱棱的枯瘦枝干的一角扯出星点嫩粉的细花，便抑制不住欣喜，似是能看见个把月后成片成片的花街似的。

花多美啊，特别是细小却大片齐放的花。蝉翼一般轻薄的花瓣在阳光下显得有些透明，黄的，粉的，紫的，红的，从花蕊向外晕开，似娇美的水墨画；一朵两朵，一枝两枝，一株两株地簇拥在一起，汇成美丽而温馨的花海。风一吹，羞涩地颤动，不慎摇下些许花瓣，在空口优雅地盘旋片刻，轻轻地落地，是给行人浪漫的馈赠，是瞬时悸动之后的又一份静美。于是脑海中总有这样的画面：人来人往的街道旁种满一排排花树，花儿太娇弱了，禁不住风吹，撒了满地。被风旋起来，风带着大缕大缕的花瓣穿过每一个角落，把空气染成花的颜色。花树下，少女们说笑嬉戏。

我爱花，爱它的美，爱它的温柔。它不像果子沉甸甸地挂着，不像叶子拼命地吸收能量，它似乎没有什么艰苦的任务，它所需要做的只是美美地盛开，温和娴静地度过它的花期，心满意足地落地成泥。

这样的感情极盛之时，便会在天桥上于伸枝进走道的花枝下驻足，看花点在细瘦的枝桠上，没有绿叶，只是淡淡的粉，就那样冒出来，孤零零，颓废却美得自然、灵动。而当冬日降临，花凋零得差不多了，便又需要熬过一个没有花的冬。

所谓的冬日里，虽苍叶常有，花却已经不见了踪影。冬天最难熬的是没有街边连荫里夹杂着的花，似是把世界的美好与温柔残酷地抽走，没有柔软的食物来安抚躁动的心了。这种空落落的感觉，是再多金色的阳光也弥补不了的。

这样便会期待春天的到来，这样便又能见到花。似是思念一个人，那人不在时，时时刻刻惦记着，做什么都能想到那人；知道将要相见，满心欢喜地盼望着；待到真的见了那人，便觉得那样美好，那样幸福。

忍住了看你，却忍不住想你。

见到你，就像见到花一样，内心柔情一片；想着你，就像想着花一样，甜甜地一笑；喜欢你，就像喜欢花一样，美好得不敢相信。

阿里嘎多

　　我也不准备装了，我就明说了，一开始学日语是因为喜欢的男孩子学日语。

　　但是，我还要说一嘴：不完全是为了喜欢的男孩子。

　　他算是启发了我。有一次，他被 Miss 向惩罚表演节目，他就给大家上了一节日语课。我想：还有这样的操作？

　　之前，其实会想再学一门外语；但是，终究迈不出那一步，觉得很困难，害怕。以后再说吧。我这么对自己说。

　　我看到他做到了。他迈出了那一步，而且做得很好。他说是中考完的暑假很无聊，就开始学了。我们都惊叹，这么几个月能学这么多。

　　回忆初中毕业之后的暑假，我在干吗？我在玩，疯玩。

　　好吧，也许这就是你与你喜欢的人之间的差距。

　　那我也要迈出我的这一步。我也去学日语。

　　我自己都不看好我自己。我知道自己是一个毅力很差的人。从小到大学过很多东西，但没有一个坚持下来。我想着，我先学学看吧。

于是，我学了五十音图，背了几个单词，学了最简单的句式和数数。

我发现了一个问题：我无法像学英语一样学日语。我还没有接受它是和中文、英文一样的一种文字、一种语言。小时候，我们学英语能学下来，是因为我们够小，够好奇，没有很固定的刻板思维，容易接受。我现在最大的问题，是去接受那些我听起来就像儿歌一样的发音是有意义的，那些像画画一样的字符和汉字相结合是有含义的。

我停下来，去尝试做到这一点。

所以，我开始用日文写日记的小标题，看日语视频。我放下了一种很功利的学习心态，我不是去记住，我是去感受。

到现在，我想这一部分我处理得差不多了，我可以继续了。

我停下来的时候有怀疑过吗？我有。我会想："我究竟有没有必要这么做？这样久了，会不会成为我一点点放弃的借口？我是不是在浪费时间？"我会这样煎熬我自己，我会；但我想，再试试，再试试。所幸，最后的结果证明了我没有错。

我想，我们有时候也需要去冷静下来对待我们的热情，看清它的来源，看清哪里有问题，看清自己真正应该做的是什么。热爱过了头，就会冲昏头脑，就会失控。一切都是如此，你没拉住，一个擦枪走火，有可能酿成大祸，反过来消磨掉了你的热情。

补个段子吧：现在最新的学日语动力是，我在"知乎"上搜"如何礼貌拒绝搭讪"，一个回答说："你就说'すみません 中国語が分かりません'（对不起，我不懂中文）。"忽然体会到多掌握一门外语的重要性。

碎碎平安

夜晚，灯熄了，我们照例在黑夜中操作着没来得及完成的事情，像是抹脸啦，学习啦。忽而，炸开一声玻璃破碎的声音，所有人都探出了小脑袋。

土土的一瓶药打了。是玻璃啊。

大家一下子紧张了起来，安顿好土土，开始收拾，也在小台灯微弱的灯光下发现好像有一小块玻璃扎在了佳的脚上，有血。可是，玻璃太小了，不能确定它是不是还在佳的脚上，也不敢轻易地去碰。我们有些不知所措。

鹅鹅说，我们开灯吧，不管了。于是，开了灯，继续收拾，也继续看土土还有没有别的地方受伤。

心里还是很害怕，因为熄灯后开灯会被扣分，再加上不知道怎么确定玻璃是不是还扎在土土脚上，就觉得自己去找老师好了。怕怕地找来了老师，老师并没有凶我们，指挥着我们收拾好了现场，问土土要不要去校医室。

我拿着扫了好多小碎渣的铲子去厕所冲洗，免得残留。玻璃渣还挺难弄的，冲了好久。等弄完回去，大家已经处理好了，重新关了灯。在黑黢黢的宿舍楼里行走，看门的苏师傅站在墙后面等我。

玻璃的确是很容易碎的东西。又一次换座位，我在教室里搬桌子，来回间碎了一瓶药、一个水杯、一个水瓶。每次一收拾起来，身边关爱你的人都拉着你不要用手捡，即使她们自己的东西碎了也会用手去捡大块的玻璃。还没碎的玻璃让人担心它会碎，想要保护好，碎了的玻璃让人害怕，依然让人担心。

但依然会去用这脆弱的玻璃制物。好看的玻璃有时会迷人眼，恍惚间就愿意去相信那是美丽的水晶。

其实，对我这么一个马虎粗心的人来说，"是玻璃总会碎的"，却依然会期待用玻璃杯。会傻傻地把杯子举到耳边，兴奋地敲两下，听那只属于玻璃的声音，听到了就安心了。

记得意大利还是哪个国家过年有一个习俗，就是把家里的东西都扔出去打碎。第二天一早，街上全是各种碎片、碎渣。这可能是真的"碎碎"平安吧。

这几年又有个新词——"玻璃心"。这词本身是不带褒贬的，只是说明一些人的特点罢了。我想，我们每一个人在最开始的时候都是"玻璃心"的，后来经历了一些事之后，"玻璃心"碎了，也许会很痛苦，很撕心裂肺；但是"玻璃心"碎了之后，我们才看清楚自己的真心，才真正了解了自己。

"玻璃心"呢，也是"碎碎"平安啦。

丢三落四

　　台风过后的夜晚，匆匆返校，妈妈送我行走在上山路上。本来是想请出租车司机一直开上山的；可是，无奈大家都一起在这个时候返校，路实在太堵，便在山脚下就下车，步行上山。

　　出门前看着老人机没电了，又看看时间等不起，妈妈拿上充电宝和充电线，说："在路上充吧。到时候还给我，我带回来。"

　　到了校门口，我转身就要进学校，妈妈一把叫住："充电宝！"是哦，我打开书包。

　　好像有什么不对，我翻了两下。

　　"没有吗？"

　　我点点头。

　　妈妈扶了下腰，头别过去，叹了口气。

　　好的吧，我又双叒叕把老人机落在出租车上了。

　　明明是一个容易丢东西的人，却总是带着很多东西跑来跑去。像是早晨去金声排练，一定要带水壶，带笔，带书，还有不管穿不穿都带着的外套。有书包的时候倒还好，没书包的时候就有些手忙脚乱，总需要每文帮我拿一些什么，就常常被她嫌弃："带这么多累赘！"

本来带上很多东西，是想要万无一失的，可是加上爱丢东西的性格，就完全违背了初衷。

故事里的丢失总是一个或美好或揪心的契机。像是灰姑娘丢了水晶鞋，特工执行任务时丢下了个小部件，留下了马脚。

丢东西是会有连锁反应的。一开始，我以为自己只是丢了个老人机而已，不是智能机，还好还好，后面一点点发现，真的是个挺大的事：像是周末好不容易把排练舞蹈的音乐弄到了老人机里，告诉岚我们下周就有音乐啦，这下子就又没了；像是原来一直用老人机做闹钟叫自己起床，现在每天都要借每文的闹钟；像是开开心心地和美女们说买了 6 人份的大月饼寄到学校，这下手机丢了收不到取快递的验证码了。虽然日子照样过，这些小难题都有妥协的解决；但还是觉得，我怎么就把它丢了呢？

说起丢东西，就不得不谈谈丢饭卡、校卡。饭卡是全白的一张小片片，给你的时候有一个塑料套子，上面贴了名字。即使这样，也不能阻止我们到处丢饭卡的脚步。补办饭卡的姐姐面对我们挂失时的表情和我们去充值的时候一模一样，操作的熟练程度也和充值一模一样。只不过，有一点不同：补办饭卡是需要出示校卡的。那么，问题就来了：要是校卡也丢了呢？之前，在地铁站，拥挤的队伍一点点往前挪，我匆匆忙忙从书包隔间掏出交通卡。直到下一周 lemon 把校卡给我的时候，我才意识到，那个时候校卡在慌乱中掉地上了。"我当时在排队，然后一个同学就把你校卡给我，她看上面写了二班，知道我是二班的就让我还给你。"疯掉了，离丢失校卡仅仅一步之遥。每文就没有这么幸运。她有一个卡包，里面装着校卡、饭卡和另一个食堂"快乐时间"的卡，结果在一次游泳课之后，换完衣服的每文高高兴兴地就走了，完全不记得自己的泳衣还有整个卡包都落在了储物间。等想起来的时候，储物间已然空空如也。还好，阿特的哥哥这年从红岭毕业，她就把她哥的卡给每文先用着，补办校卡这种有点烦琐的任务就不再那么紧急。

妈妈总让我小心小心再小心，不要再丢东西了；可是，当自己丢东西的时候也是束手无策。她三天没用信用卡，等在超市结账时终于想起来要用了，却发现钱包里放卡的隔间赫然空着一处。几经翻找，紧张错愕，一份担心一直悬在嗓子眼儿上。最后还是接受了可能上次结账后忘了拿的事实，查看了消费记录，确认暂时没有被盗刷之后，赶紧挂了失。打完电话之后，妈妈瘫倒在床上："天啊，我也丢东西了。"

被动地丢总是让人捶胸顿足地说："下次一定不要再这么不小心了。"可谁又知道下一次的遗落会在何时、何地意外发生呢？丢失的被动就被动在这：偶尔是惊喜，大多数情况下是惊吓。

我们也有主动地丢。每周我上山回学校的时候，妈妈会说："我已经想象到，你走了之后半个小时之内，我会把家里收拾得干干净净。"妈妈是很"断舍离"的人，而我总是懒得去清理。我们总是在获得一批又一批的新事物，丢掉一批又一批的旧事物。有些事，你心心念念终于得到；有些事，你纠结许久还是决定处理掉。有些事是值得留下的，有些事，你不得不放手。有时候会遗失一些自己觉得珍贵的东西，会惊恐地大呼小叫，会痛心难过；但它已经逝去，而我们依然要在想办法补救的同时，接着活下去。

数着牛奶过日子

　　每周返校的时候，会在行李箱里装上一提牛奶，六支，算上周日的话，刚好一天一支。牛奶是用强力胶带捆在一起的，每次要拿的时候，都用剪刀沿着牛奶盒之间的缝隙小心翼翼地剪开，一支牛奶随最后一剪子掉落在桌面上，再把剩下的放回柜子里，拉上门。等第二天的同一时间，再拉开柜门取出牛奶，剪下，再放回。一个星期在校的六天一天天过去，牛奶一个个地被消灭，直到不用再剪了。在学校，总还是盼望着周末，盼望着回家。看着牛奶还剩几瓶，想着还有几天就能回家了。

　　日子真的很奇妙。开学一个多星期了，一直过得特别充实而忙碌。跟着我的计划走，却总有一些意外和变化超出预期，就不得不即刻更改计划，快马加鞭。暑假时，希望自己的新学期能够更踏实一些，自己定的目标要去完成，甚至都给自己设定好了奖励机制；可当真实现了，在短暂的成就感之后，我会在夜半无眠时看着天花板上的夜光星星贴纸，想着这样的充实究竟好不好。我充实得没有时间放空，只有当夜深人静之时才有空理会自己的内心。我有些担心自己会因为忙碌错过了一些细小的美好，会忽视了真实；但我想，至少现在我还无需担心，因为我还写日记，还与灵魂对话，为奇迹赞叹。

生活里各式各样的人们也是很奇妙。每当考试临近，不只是我，身边的朋友们都会又希望考试快点来吧，考完了就解放了；又希望考试的日子别那么早到，还想再"抱抱佛脚"。时间永远都按自己的规律运作，它单一而永恒，只是时间中的人有自己的周期，有自己的矛盾。一直觉得，如果人不需要吃饭和睡觉，那一天能多出来多少时间啊！每文也说，年老时总睡不久，多出来的那么几个小时总在闲散中度过；年轻时没有这项技能，却有成堆的想做的不想做的事要做。这样的设计总是那么反人类，而它们又完完全全是自然规律。

老龙的日历是一家图书馆的，是那种每天一页、过一天撕一张的那种。一直觉得，只有这样的日历才真正有时间流逝的感觉，那种一个月一页纸的，无论是挂历还是台历，看上去总有"还有大把时光"的错觉，甚至于会在每月一号忘记翻过那张懒惰的一页。每天撕下昨天的日历纸，一年的前、中、后期都真切地看到厚厚的一本日历一点点变薄，被撕下的残存的页头越来越厚。黄渤的《一出好戏》里，马进把捡到的书当日历，上面写的不是日期，是他彩票离过期还剩的天数。如果真能把书当作日历，每天读一页撕一页，记住每一页的精髓、韵味，等一本书撕完，剩下空空的封皮、封底，拿在手上轻轻的，看在眼里重重的。若真能这样阅读，多好。

开学第一周，就回去看老龙了，还遇见一帮现在高一的、老龙上一届的学生们。几个姑娘排着队来要老龙那本日历的某个日期也好，封面也好，老龙细心地留着，夹在一旁书架上塞得满满当当的书之间。我在一旁看着，一面感叹老龙就是有让每个学生都喜欢她的魅力，一面看着老龙桌上已滚完一半的日历，想着老龙说她今年去带初一去了，什么都要从头开始教，感觉这帮孩子跟小学生一样，尽管他们一个星期以前的确是小学生。

"向死而生"，这词我一直没真正弄明白它的含义，却在每当谈起时间、谈起生死时在脑中想到它。我想，无论是村上春树说的，死亡一直在我们身边，还是传统的说"人终有一死"，说再多，都是让我们去理解死亡，从而更好地活。我们无法看透时间，看透生命，看透死亡；但我们有力量去了解，去感受，反馈在实实在在的生活上。生命本身是自然的东西，它有魅力；但带来快乐的不是它，而是生活。生活能创造美好，创造不同的体验，创造属于自己的意识形态，创造一切令你眷恋的事物；而死亡，则引领我们去思考。总归有些意义吧，总归，要幸福吧。

所以，有时候看着牛奶变少了，我可以说："一点点变少了，越来越期待了！"也可以说："还剩下这些啊，还有好多机会！"反正，总归是件开心的事。

家

　　我记得期末考前的最后一个周五中午，我们宿舍只剩下我、苏老师和土土，另外三个都回家备考了。气氛是个很微妙的东西。鹅鹅走了，剩五个人，气氛跟六个人都在时候不一样。后来，阿特走了，每文走了，气氛都会变得不一样。等到只剩我们三个，莫名其妙地组成了一个家庭：苏老师和土土突然就变成了我的父母。

　　那天中午，就三个人搬小椅子围坐，一片凄凉。生活老师查房，看这情景也是哭笑不得。空荡荡的宿舍只有三个人。

　　在那样微妙的气氛之下，我们顺着"家"这个线索，聊起了家庭教育、家庭对孩子的影响。后来，越聊越跑偏，越聊越玩脱，聊到了唯物和唯心、人类的历史等，很学术的事情。不知不觉聊了一个多小时，慌张地抓紧最后几分钟躺上床。

　　我们只是机缘巧合下随便聊聊，但实际上，我一直觉得家庭是一个人成长过程中特别重要，甚至可以说起决定性作用的因素。一个人身上的许多缺陷，追溯回去都会在家庭的遭遇中找到根源；同样，良好而优秀的家庭教育，会成就一个人。

这一点，在我看完柴静的《看见》一书后尤其强烈。书中有一章讲述家暴，我看完之后心惊胆战地画出了一个不幸家庭的恶性循环，面对它，我是颤抖着的。

后来，我思考，其实这个恶性循环也不是没有打破的可能，只是打破那一环的主人公，需要承担很多痛苦，需要足够强大。最后，还有成为整体的悲剧和个人的悲剧的分别。

幸福的家庭都是类似的，不幸的家庭各有各的不幸。其实，当你羡慕着别人的家庭的时候，别人也有可能在羡慕着你。家家有本难念的经，只是它藏得有多深、影响有多大的差别而已。悲剧似乎是一直存在的，甚至可以说无法避免，只是不同的人面对它时有不一样的态度与抉择。

家庭会给人一些难以想象的驱动力，却不一定是好的。一个人可以为了家庭成就一番事业，创造一段辉煌，也有可能为了家庭自甘堕落，坠入深渊。正正反反的例子实在太多了，当一桩罪案背后有着一个家庭的时候，旁观者的愤怒是很容易转化为惋惜的。为什么？因为家里的破事儿。人们懂这种无力感。

有时候觉得，虽然人人都有成为父母的权利，但不是所有人都有能力或有意识去真正养育一个孩子。我们也不可能真的去设立一个父母资格证考核，谁来刭定标准？制定了标准，真的能保证是公允、合理、理性却不失人情的吗？通过了这样的标准，就能保证这个家庭不会走向不幸吗？生活有太多太多的无奈与无常，凡人在这样的力量之下是很弱小的，你不能要求每一个人都无比坚强。我们只能许愿每个人都幸福快乐，意识到自己有着怎样的责任，调整好自己的心态去变得强大。

小时候的我们天真而无知，觉得自己的爸爸、妈妈总是管这管那，别人的爸妈什么都不管，他们的爸妈好好，这样的爸妈就是好爸妈；后来，我们长大了，发现哪有什么好家庭，大家都不过是在遮遮掩掩罢了。可是，在这样的时刻，愈发地觉得自己的家庭就是最好的家庭：我们看到自己的家人，正在拼尽全力地为了自己有个看上去"好"的家庭，不停地努力、补救。最揪心的时刻，莫过于我们看到他们已经做到了最好，已经付出了全部，已经让我们相信咱们的家庭就是最好的家庭的时候，却依然为我们担心，甚至依然自责。

除了父母，家庭的另一个元素就是作为孩子的我们。孩子越来越早熟，好像是这个时代绕不开的命题，也许是难题，也有可能是有好处的，谁知道呢。只是，当我猛然意识到自己才16岁没到，还没成年的时候，总会愣一下，惊愕一阵，需要想一下："是这样的吗？"得到肯定的回答后，便感觉这个年龄十分陌生，和此时此刻的自己一点都不匹配。是这样的，虽然我们还没有成年，但我们需要担负的责任已经浮现，等着我们去担负；我们必须要考虑的问题也逐步暴露出来，我们也一直在想着这些问题。吊诡的事情来了：我们有了解决问题、担负责任的心；可是，我们的行动从很大程度上被这样一个"未成年"的年龄所限制。已经想好了以后要怎么做，并且在一天一天、一年一年的流逝中，想法逐渐变成了计划，并且越来越细化，做足准备之后，却依然只能等待，等到18岁生日，或是其他的时间点也好。这段时间里的我们是有一点点焦虑的，甚至会有一点迷茫：我这样等真的是对的吗，还是我想多了？

不过，无论是父母还是孩子，只要相爱，愿意为彼此付出、承担，这个家的根本就是在的。

在《小偷家族》的观后感中，我想到的家有两个条件——责任与爱。私以为，当家庭中的每个成员都拥有对这个家的这两个条件，也许他们会有自己的痛苦；但是，会在家庭中寻得宽慰，结局一定不会太差。

妈妈，我长大了啦

和妈妈两个人的生活已经过了好几年。从外公、外婆回老家照顾新出生的表弟开始，家里空出了一间卧室。后来，我们睡的卧室空调坏了，我们冬天、夏天就搬来搬去地睡觉，像候鸟一样。不过，我们俩最喜欢的睡觉的地儿，还是家里想换掉却搬不出大门只好留下来、拿毯子盖住磨损得不成样子的红色支沙发，只不过偶尔得抢一抢。

妈妈总说我不像她。"他们都说你像我，我怎么没看出来哪像了？"她会说我长壮了又长痘了。我就"哼！"翻个白眼，说什么也要怼回去。她之前从来不化妆也不爱打扮，现在这类问题都问我。她真诚地说："我是为了和 BB 你有共同话题才研究这些的。真的！"她会跟我说，她没参加过高考，直接保送啦，没事就在大学图书馆里把高数的题都做了一遍啦之类的事，以为能鼓励到我好好学习。我只好说，为什么你的智商没有遗传给我，我是不是变异了。

妈妈其实是很显年轻的。她说，她的同事们知道她多大，都是通过问出我多大了才知道的；而且，都会很吃惊："你孩子都那么大了！"她说："我觉得这样让他们知道我多大了挺好的。"加上我现在反而容易被人误以为已经不是学生了，两人在一起还像姐妹。

妈妈不是一个朋友很多的人，但是她人缘好。妈妈的朋友们都是她的大学同学，可是她们现在在世界各个角落，国内国外，也只有谁谁谁回国了，谁谁谁要出国了才会聚一聚。妈妈脾气很好，但也绝对不好欺负。同事们喜欢跟她吐槽工作上的事。有一次，一个朋友给我打电话说她失恋了，妈妈后来问我跟谁打电话，我就告诉她。她说："你怎么跟你妈妈一样是树洞体质啊。"我仰起脸："做树洞挺好。"

从小到大，一直到现在，有家长会之类的，我见到她都要扑上去抱住她。初中同学调侃："签直升的时候，我看你和你妈在走廊上紧紧抱在一起，我还以为你俩激动地相拥而泣。"高中的第一次家长会，她带了好多小零食。开完家长会，和我们上完晚自习是一样的点，妈妈大晚上的坐车捣腾一番，估计要很晚到。

妈妈是想保护我。她努力地为我营造一片祥和幸福，不想让我感受到一丁点委屈。妈妈真的把我保护得很好，但是她对这点并没有自信。

妈妈是个很坚强、很强大的人，她能 handle 很多事。我知道。可是她也会累的，而且她已经很累了。我知道。

她说不想成为我的负担，我听了简直急得跳脚："你不是我的负担，你不用为了我自己扛着那么多事。为你分担，是我的责任啊，妈妈。"

她总说小孩子不用知道那么多，我真是又生气又心疼。好吧，那我能做的，只有不让她担心，让她看到我真的不是小孩子了。所以我努力，我去学很多东西，去看很多东西，它们真实存在着，我想体会如何为人处事，让自己独立起来，让妈妈觉得真没必要为我多操心了。

可是，我觉得其实这样也没用。她说："在我眼里，你永远都是个小孩子。"似乎只有时间才能告诉她，我不是个什么都不懂的小孩子了。但我还是要这样尝试，用力地尝试。

这么多年了，我长大了，什么都懂了，却也什么都不懂。

"妈妈，我很快就要上大学了，你怎么办啊。"

"嘻，等你上大学去了，我在公司都不知道做到什么职位了，还管你哦？"

你知道吗？妈妈，其实我们很像的。

我们都担心我们爱的人太累、太辛苦。

父 亲

　　我很不了解爸爸，爸爸可能也没有很了解我。

　　小时候，他回家，会把我举起来，抛起来。我咯咯笑。他似乎很中意"上山打老虎"的顺口溜，反反复复给我讲。后来，听多了"老虎打不到，打到小松鼠"，就很怄气："为什么要打小松鼠！"他总是喜欢喊："你是小喵喵吗！"无论是我在他面前，还是我正在向他走去，还是他在卧室我在客厅。很小的时候，会说："我是！我是！你是大喵喵！"后来，就很中二地说："我是人。"最后，就真的无话可说了。现在，他也不经常喊了，主要是见面次数更少了。他还是很忙，我上了高中，也忙了。

　　爸爸像个小孩子。妈妈开玩笑说："你爸心理年龄还没你大。你们俩出去，是你要看着你爸，别让他给走丢了。"我也觉得是。我跟他说，学校不让带智能手机，我上学基本上就与世隔绝了。他说，带了会有什么惩罚吗。我说，会停宿。他两眼发光："这不是奖励吗！"上次，他带我吃饭，回去的时候路过一个婴幼儿乐园，他说："你要不要去玩啊？"我真的是一脸又惊愕又丑拒，赶紧拉他离开。

他还一脸傻笑。切，明明是你自己想玩。

爸爸事业真的很忙了，而且他也很重视，很喜欢。好吧。

爸爸上次去美国，他知道我喜欢 Taylor Swift，跑到那边霉霉周边专卖店排了好久的队，给我带回来两个本子和一个手环。我真的很开心很开心，现在想起来也是一样觉得感动，虽然我已经过了追星的年纪。

爸爸有一天发微信问我看不看《创造 101》，得到否定答复后，他说他很好奇这个节目为什么这么火，希望我能看一看，并告诉他我最喜欢的选手。我听了之后一时间无法拒绝又不知如何操作，只得回一句："我暑假再看。"他说："好！暑假马上就到了。"到最后，这个节目我还是没有看完，也没能在那么多可爱的姑娘里 pick 出一位最喜欢的。他的这个小请求也不了了之了。

我想，我和爸爸都是在已知的信息上，靠着自己的想象来拼凑彼此的模样。我和妈妈以前喜欢开玩笑说，他是世界上最不靠谱的人，小时候，还恶作剧说："下次你爸回来，你问他你读几年级了，看他知道不知道。"

期末的语文作文考砸了，散学典礼之后，他刚好回来。我就问他，我的作文为什么写不好，他讲了一堆，特别有道理，末了给我来一句："你还是去问你们老师吧。毕竟，我没写过高考作文。"那一刻，我真的白眼都要翻到天上去了。有这么秀的吗，妈妈秀完你来秀，给你们轮番秀智商，我真的会怀疑自己是不是你们亲生的了。

爸爸永远是我的爸爸，以后长大了，我来照顾你。

第四辑

课桌里的青春

　　我们所谓友情、同窗情，是我们有缘相遇，心照不宣地彼此选择，奇妙地越来越熟悉，越来越了解，也越来越肆无忌惮，越来越爱得深沉。

　　自认为情感富余，我珍惜，感谢每一缘。

我们不一样

一节晚自习，阿特盯着我看，欲语还休。

"咋了？"

"那个，没人告诉你，今天是萱的生日，我们刚才在她们班门口唱生日歌吗？"

我一听就炸毛了，二话不说把她拉进"小黑屋"。

"你怎么不和我说呢？""我没碰到你啊，我以为有人和你说的，大家都去了。"

我好难过："阿特，讨厌你三分钟。"

"你为啥还要告诉我呢！我现在满脑子都是好难过！我都写不了作业了！"

我难过，是因为我缺席了一次老二班的集体活动。

老二班的人们，会在有老二班人过生日当天的晚自习前，一大帮人聚集在寿星新班级的门口守候，等候他的出现，一起唱生日歌，顺便开上几个玩笑，大闹一番后，扬长而去。

高一下学期文理分科，重新分班这事，高一上学期后半学期在我眼中意味着：老二班要散了。

老二班是特优班，就是成绩最好的四个班之一，是四个特优班里纪律最差的一个，也是四个特优班中同窗感情最深的一个。

高中和初中最不一样的地方在于，初中是划片区就近入学，同学们的生活环境差不太多，在差不多的环境下形成的对世界的认识也差不多，所以比较容易相互理解，相互认可；而进入高中，会明显地感觉到有很多同学跟自己是完全不一样的，也明白是因为经历不同而造成的，但这十几年积累下来的不同就算接受，也很难相融。

但老二班是个奇迹。我们班四十五个人，在两个月的时间里，就变得像从小一起长大的朋友般亲密。这太奇妙了，只能感叹：缘，妙不可言。

我是多么幸运，能有这样一个美好的班级作为高中生活的温柔开场。

美好的回忆太多了，尤其是临近分别时的回忆，欢笑到尽兴时嘴角忽而僵硬，鼻头一酸。

期末考将至，分班的最后通牒近在眼前。不知是谁走漏了风声，下个学期，二班还会是特尤——理科特优，文科特优不知道会是十几班。大家斗志满满地高喊："我们都努力考好！都留在特优，留在二班！"我听了别过头去苦笑，我要选文呀，注定不能留在二班了，注定，是要与他们分别了。

二班四十五个人，少了一个都不能叫二班。

分班后，我到了文特，另一栋楼；许多人留在了理特，却被分开在一班、二班，也有人在重点、在普通。刚开学时常常下雨，大课间不能出操，我们总会心有灵犀般，上楼的上楼，去对面的去对面，聚集在一班、二班门口的空地，谈笑打闹，像是从未分开。时而嚣张地在别的班的地盘上大肆起哄，上课迟到被罚站一节课也在所不惜。

刚开学的第一周的晚自习，我写着随笔，不自觉地写起了老二班。写不到几行，便不得不费力地抑制住自己，不要哭出声来。在安静的新班级里，大家安静地埋头写着作业，没有交流。以前的老二班，似乎不需要任何熟悉的时间，在最开始的时候，晚自习都会有稀稀疏疏的讨论声，以及时不时爆出的一两处笑声，还有能让整个班级哄堂大笑的梗。而现在的我，在一片安静中，捂着嘴，望着窗外对面敏行楼的一班、二班，眼泪不自觉在手背上流淌。

憋到下课，忍不住冲向对面，抱住原来的室友，哭出了声。

是我太脆弱了，你们都没哭，我却先哭了。"舍不得"这三个字，能让悲伤占领我整整一晚上。

那天，回宿舍前，还在二班的朋友，把期末考试"诚信应考"的签名表给了我，那上面，有老二班每个人的签名。我拿一个专门的透明文件袋装好，放在书包里，书包随身背。一次，被新舍友无意看到，她说："你还真是爱二班啊！"

对，我爱二班——老二班。

那是独一无二的存在，是我独一无二的爱。

谢谢与你们的相遇，愿永不相忘。

叫你一声爸爸，你敢答应吗

我跟胖虎说，我要搞"大创作"了，你有什么素材敬请提供给我。他说，写写我对你的父爱有多么深沉。

我说："你想多了。"

"太失望了。"

好吧，勉为其难地写一下你好了。

2018年除夕夜，该发红包的群里分分钟99+，该煽的情也煽完了，该倒计时的也敲了钟。我看着对话框，点开，输入。

"要不，我以后叫你爸爸吧。"

他狂笑。我无语了，甚至有点后悔。

没事，备注加两个字而已，怕啥。

我也不知道自己怎么想的，只是觉得，有这样的朋友，像爸爸一样的朋友挺好。

胖虎不是我起的名，是军训的时候二班男生们给他起的外号。挺合适的，从体型上来说。他也不反感，直接接受了，然后开始给班里每个人起外号，结果全班人就都那么叫了。他总是很骄傲："二班一半的梗和外号都是我创造的！"我瞥他一眼："切！"

我对爸爸的了解其实很少，只是模模糊糊地觉得他是这么样的，再加上自己对"爸爸应该是什么样子"的一个幻想，七拼八凑成了我印象中的爸爸的感觉。

胖虎其实并没有完全符合，甚至也不像一个爸爸的感觉；但我还是想叫他爸爸，虽然平时不怎么叫。

也许，我只是觉得，我生命中应该有这么一个角色，本来应该是爸爸，但是现在爸爸没有精力来扮演好这个角色，而他出现了。

他说，他的新班主任很针对他，把他手机收了，收快递只能填我的手机号，把手机给他去拿快递，结果我的手机也给收了。没办法，一脸"我是谁，我在哪"地去找他班主任，半被教训式地拿回了手机。

我说："雪艳姐姐（二班班主任）原来不也是'针对'你吗？"

确实，我要是老师，想不针对他都难。他是真的跳。

但他也很真。

慢慢地，似乎成了二班的一个标志，远远地看到一个特大号的他，就会说："哦，二班的。"我们找组织，看到一个圆滚滚的他："哦，在那边。"

大家都挺喜欢他的，无论男生女生。

他其实是成熟的，该懂的也懂，不该懂的，也多多少少想过。有时候会被误会成"社会人"。

他也挺感性的，忠于感情，即使不知其源头与本质，甚至不知真假。可不，情窦初开的少年不都这样。

后来，越来越熟了，和子七，我们三个人一起去看《我不是药神》。我坐在他俩中间哭得不成人样，两个人轮番安慰。

他说他来书城做义工，没人陪他吃饭，问我有空没。我说，陪爸爸吃饭。然后，我补习班 12 点的课成功迟到了半小时。

他新班的男生总开玩笑说他喜欢我，我们两个都很挠头。"我都说了，我是她爸爸！"

放假前的几节体育课是自由活动，朋友们在球场打球，我不想动，坐在旁边石凳子上被太阳烤。他跟他班同学在旁边的场地上打球，他下来休息，直接给喊过来陪我聊天。太阳真的很晒，晒得篮球场的橡胶都快要卷起来了。他抱着个篮球，脑壳后面是像要爆炸开来的正午。

之前，心底总好象有个窟窿，长大了之后自己填了一大半，可还是漏水，漏血。

他庞大的身躯成功给填上了。

我老在朋友圈吐槽他和亲爸，朋友们给我搞得一愣一愣的，傻傻分不清。

爸爸，你也要好好的。

黑暗处最为真实

学校里，每个班都会有一个储物间，里面有小方格的储物架，直接成了储物间的墙。我们不爱叫它储物间，更习惯称之为"小黑屋"。"小黑屋"不黑，有灯。只是，它真的很奇妙。

"小黑屋"的门在硕大的黑板报的左下角，是一扇和教室前后门相比，少了中上部一块小小的玻璃、普通却又深不可测的门。门框恰好塞进去这么一扇门，躲在"小黑屋"里外面就完全看不见了。推门而入，便发现那是教室后墙之后的、一片狭小而饱满的空间。它看着那么不起眼，是绝佳的藏身之所。

正是因为这样的神秘莫测，才使得"小黑屋"里有了那么多奇遇。

有的是搞笑的。像是高高兴兴想去"小黑屋"里背书，一推门，看见后座两个一本正经的男生拿着书看着闯入的我，三个人尴尬地对视片刻，我便识趣地挂上并不好关的门，跑到教室外面找每文一起背去了。

"小黑屋"也是我们宿舍讨论事物、聊新鲜事儿的秘密宝地。特别是在安静的晚自习，课间出去溜了一圈遇见的有意思的事、前几秒钟获得的令人激动的消息，抑或是一些紧急而重要的事务，在几秒钟的对视之后便不约而同地来到"小黑屋"大谈特谈。聊着聊着，就不断地有新的姑娘进来，聊天的人越来越多。这样其实不好，我们都知道，但有的时候，在那个节骨眼儿上，你不说，就没了那个感觉，也就流失了那份美好，错过了一份独家记忆。

有的则带着"小黑屋"自己的魔幻色彩以及别样的深刻，像是那个雨天，在"小黑屋"里与姑娘们在漆黑的雨声中坦诚相见，互相倾诉，不加掩饰地掏心掏肺。它妙就妙在，在那样的一个环境里，门关得严严的，里面的人儿都在看不见对方的情况之下，敢于直面自己的内心，也不害怕把脆弱的自己暴露出来；而当偶然间，有人从外部打断，打开那扇普通的门，光亮漏进来，人声盖过了雨声，无需任何过渡，也似乎浑然天成，一秒钟前好不容易出来放放风的深沉而真实的自己，又回到了平日里虽谈不上假，但或多或少有掩饰有顾虑的一副模样。那扇门一关一开，向外诉说内心的阀门一开一关。也许内心世界就是像那时的"小黑屋"一样，伸手不见五指，漆黑到纯净，只有自己的回声和淅淅沥沥令人安心的雨声。交谈终将结束，当几个人走出那片奇妙的空间，一面喊着"天哪，外面好亮，我要瞎了"的同时，也就又一次地、极其流畅而熟练地将自己的内心封存，好生看管，不让它暴露在世风下，也就再也说不出在那间屋子里说过的、也许是最珍贵的话了。

"小黑屋"也不是一直高不可测。像是在每个学期的期末考，上头下了"教室全部清空"的指令，整个班的学生哭天喊地地抱怨，对着从课桌到桌肚、从桌肚到"小黑屋"搬不完的书和个人物品发愁。那时候的"小黑屋"全然没了平日的威严，一时间人满为患，大家不停地、也不放弃地在狭窄的空间里你挤我、我挤你，像满当当的沙丁鱼罐头，"小黑屋"的门也被拥挤的人群推搡着时开时关，没了一点点反抗之力。末了，"人去楼空"，"小黑屋"里只剩下干干净净的木架子，一块块小隔间里什么也没有，整个屋子里也什么都没有。

　　"小黑屋"的特别就在于它的狭小。空间的大小是会对人的心理有影响的，在那十分有限的空间里，独自一人便觉与世隔绝，孤独却真实；二人共处，气氛耐人寻味；多人齐聚，便是几个人的小小天地，可以自由自在地撒泼打滚。在狭小的空间里，人际关系被浓缩到极致，特点集中展现和暴露，似乎是这大校园里的一片净土，又像是这大校园的小小缩影。

旱鸭子

　　这几日天气转凉，秋天的脚步在这片回归线附近的土地徘徊，午后时分的落雨也愈发清新和频繁。湿漉漉的日子里，踩着下午第一节课的铃声，火急火燎地跑过积了薄薄一层水的篮球场，看着在其上小心翼翼行走着去排队的、上游泳课的人，心里想着：好想游泳啊。

　　进入高中之前，红岭的游泳课可以说是我最大的烦恼。我不会游泳，且对水敬而远之。小时的夏日，总会和爸爸一起到大梅沙，把自己套在圆乎乎的游泳圈里，小脚丫子扑腾扑腾，在水上漂来荡去，偶尔呛几口水也是十分有趣。后来，越长越大，游泳圈的大小与我身高的比例越来越小，爸妈开始琢磨着是不是要教我学游泳。妈妈也不会游泳，这项重任自然就落在了爸爸的身上。那是一个难以忘怀的暑假，在泳池里，爸爸一遍一遍地教我憋气、游泳动作，一遍一遍地托着我在水中尝试，可当我脱离了他的指引，依然会不自觉地往水底落，仿佛水给我的不是浮力，而是加倍的地心引力。我还记得那是一个阳光灿烂的夏日午后，像前几天一样，爸爸托着我尝试着练习。忽而地，没有任何征兆，只知道眼前的景象翻了个底朝天，等反应过来时，整个人已经浸在水中。水里蓝蓝的，其实很漂亮，但那时的我可不这么觉得。我弱小、可怜又无助，只能等着爸爸把我拉出来。隐约中，我看到一只手在我面前的水域里划拉了两下，什么都没捞着，只带来一阵阵水波。半晌，耳朵里的声音从灌水的声音恢复到空气中的正常的嘈杂声。那是我第一次学游泳，也是在入高中前，最后一次学游泳。

总之就是，在成长的过程中经历了一段对新事物充满畏惧的日子，直到高中开学才慢慢走出来，游泳也是其中之一。

当体育老师对一起上课的四个班发出"下周开始上游泳课，带好你们的装备"时，麦克风的回音似乎宣判着我的死期。我毫无头绪地、不情不愿地带着泳衣踏入了更衣室，直到切身站在那乌泱泱的泳池面前，我终于想起：该来的总会来。

第一节游泳课的体验感着实极差。一帮不会游泳的姑娘们接连下水，伴随的是从第一个"勇士"开始就没断过的、对水温的惊恐。"好冷啊！"每个人下到水里之后，都踮着脚，保护着胸脯以上最后一片没有被冷水入侵的温暖。等终于适应了水温，互相寒暄时，才发现许多浅水区的姑娘并不是完全不会游，而是某一个步骤不是很熟练，或者是觉得浅水区好玩不累才到浅水区来，并不是不会游泳。这时，完全零基础的我和雯子陷入了沉思，看着墙上挂着的横幅"让每一个学生都学会游泳"，长叹。

第一节课学的是憋气。那时，我还没拥有泳镜，再加上对水的恐惧，每次头沉下去都犹犹豫豫、心惊胆战，而一旦整个脑袋都下到水中，便整个人面目狰狞：眼睛死死地闭着，嘴巴抿得严严实实，鼻子使劲往上凑，五官全部缩到面部的中心。自然，这样的我在水下完全丧失了思考的能力，无论在水上模拟了多少次，一下水全部打回原形。大家都帮我，教我怎么憋气，怎么克服心理那一关。一整节游泳课，足足一个半小时过去了，到起水的时候，尽管戴了泳帽，但头发依然湿透的我，连最基础的憋气成就都没有达成。

到了第二节课，我拥有了泳镜，也在与朋友的交谈中得知了"戴了泳镜就能在水下睁眼啊"这样的关键信息，在一次尝试中，我鼓足勇气睁开了眼：那是一个全新的世界。不知道是不是因为我泳镜镜片是蓝色的缘故，水下蓝莹莹的，通透而纯净，水波漂来荡去，耳边没了杂音，静谧而似真似幻。我发现原来让我如此惧怕的水世界实际上这么美好，是我的无谓的恐惧，将其抹黑成面目狰狞时无尽的漆黑与危机四伏。克服了这样一个难题，我很快便学会了憋气，在一节课的时间里补上了上节课欠败的学习任务，并学会了这节课所教的漂浮。

游完泳回到宿舍，我抑制不住兴奋地打电话给妈妈："妈妈！我学会憋气啦！我突然发现水下一点都不可怕，我打开了新世界的大门！"

后面，不想游泳的原因便不再是恐惧，而是身体不适，或是时间尴尬。

新学期开学了，我期待着周五的游泳课。我们是全校每周最后一个上游泳课的，周五下午第一、第二节。游完泳，擦擦头发，一班子文科生回来听化学老师侃大山，然后高高兴兴地放学回家了。

所以，便不再对新事物盲目地害怕。人总归是要往自我里不断添加新事物，清理不合时宜的旧事物。如此不断更新，才会开阔更广大的世界，见到更多的美好。

谁能证明你在人间来过

周五语文课，波波走进班里就说："咱们再唱一遍吧。"

38 张脸懵逼："隔壁班不会觉得我们神经吧？"

每文蹦蹦跳跳走上讲台："这么突然？"

5，6，7——

"悲壮时光已夺走你什么？"

熟悉得不能再熟悉的音符合着同样熟悉的、轻柔的嗓音落地，时空在脑海里反复跳跃。

一

"阿特呢？"

"老师，她今明两天中午都要请假了，她和蒨要排练合唱节的舞蹈。"

那天晚上，爬上四层楼梯，气喘吁吁推开门，正好撞见每文一脸兴奋地对阿特说："要不，你跳段舞吧！"特美顿了顿，缓慢地、重重地点了点头。

"咱们班还有谁会跳舞来着？"

几天后，"我和蒨听《在人间》都快听吐了。"

编舞可不是一件容易的事呢。

又过了几天："还是太久没跳了，才几天就又是淤青又是酸痛的。"练舞也是很辛苦啊。

她在说这些话的时候，都是笑着的。

直到合唱前几天，阿特和蒨两个人还在晚自习的时候，坐在最后一排剪裙子。"内衬有点不方便施展。"

晚上，我正准备上床，阿特忽然和我借剪刀。拉开抽屉找的时候，忽而意识到什么："你这么大半夜的还在缝裙子吗？"

"没办法了，今晚必须得缝完啊。"

看着她的背影：小小的书桌只有微微的暖光，照出她纤瘦的轮廓，还有零乱的发丝。

在宿舍楼的对面，蒨是不是也是如此呢？

"They live on，even when we're gone——"

长音拖完，是一个意义重大的休止符。人声，伴奏，动作，全部在这一拍上凝固。下一拍，即将绽放最美的"仙女下凡"。

每文说："我看了阿特一眼，她回了我一个坚定的眼神和点头。下一秒，她就跳出去了。"

休止结束了。伴奏、人声一齐爆出，伴着一个惊艳的大跳，飘舞的蓝灰色裙纱，轻盈的美人，以及——全场的惊叹。

往后，每一次二人长裙翩翩、薄纱粼粼之时，皆是四下赞叹不已之时。

"谁能证明你在人间来过？"

阿特随乐声下落，蒨伴韵律回首。琴声起，二人纤长白皙的手臂远远地呼应。每个看到这一幕的人，定会心中一颤，泛起涟漪一般荡漾的感动。

二

周一中午，在礼堂，土土忽然从后台走出来，叫我过去。

我随她转入帷幕之后，昏暗的角落里摆着一架钢琴。

"你帮我唱一下，我看看对不对得上。"

原伴奏不全是钢琴，这时候，现场钢琴和音频伴奏的协调就成了考验土土的大难题。

试了几次都或快或慢，宁佳对着琴谱摇摇头。

宁佳最近有三首曲子要练：乐队表演曲目、器乐比赛曲目，还有合唱伴奏。每天中午，她都在摇滚社的小房子里弹琴。

有时，她会笑着说："今天中午，乐队的不来，我就可以好好练我们的伴奏啦。"

我们想了好多方法：戴耳机，去音频，都被证实不可行。于是，到最后，依然是她自己去克服这个困难。

一天一天，一次又一次，每一遍都比上一次好很多。

到最后一次排练，她的每一个音都与音频中的琴声同时响起。

有时候，陪着她练，自己也忍不住弹几个音玩儿。单单前八个基本相同的音，光是认谱就认了我老半天。虽然土土的钢琴水平远在我之上，但练习的辛劳，也是免不了的吧。

等到上台，她的演奏与音频完全契合。她在大大的三角钢琴之后，我看不见她，我又似乎看得见她，看见她穿着美美的礼服，乌发抚肩，眼帘低垂，晶亮的双眸映着琴谱，双手于琴键上弹拨，心里既是小心，也是信心。

三

是十二点半？还是一点？

不知道了。只知道赶紧裹紧被子睡觉。再怎么说，第二天还要上课，睡五小时总比四小时精神一点点吧。

天知道刚才我们在干什么。每人搬把椅子围坐一起，黑麻麻地相互脸都看不清，还能讨论得那么热烈，又有理有据，又谁也说服不了谁。

我和鹅鹅、土土受不住这火力，退出了对于队形和演唱编排的激战，转而讨论起献花事宜。另一边，阿特和每文谁也不让谁，一句接一句地讨论着，苏老师在一旁听着，不时说些什么，不让讨论真的变成了二人的争执。

末了，大家都累了。阿特头埋在胳膊里，床上的每文也没了话。

"现在怎么办？"

就这一句，安静的夜晚又"热闹"起来。

末了末了，一个 plan A，一个 plan B。

"快睡吧。"

第二天晚自习，本来说好背书的，几个人又说起 plan A、plan B 的事。又一发不可收拾了，发展到最后，甚至要拿小本本一个一个梳理二者的区别，以供排练尝试时方便对比。

到底还是实践出真知。方案在排练的过程中修修补补、改改删删，才有了最后呈现出来的模样。

有时候就是这样，越是重视的事情，越会在这上面较真；越是亲密的人，越懂得彼此的在乎，不害怕为了更好的出品而直言不讳。

无论怎么说，最后都还是排好了，效果也很好，大家开心，这就够了。

四

"呃，学校说一定要至少两个声部。"

这下终于明白为啥那么多班唱金声唱过的歌了：有谱子啊，现成的声部。

这下好笑了，一个独唱曲目，要给它愣生生整出个声部来。

你要我生想，我下辈子都想不出来。于是，感谢互联网。

可是，互联网扔给我一堆翻唱：我只能帮你到这儿了。

太难过了，恨不得"网易云音乐"再智能一点，帮我识别每首歌是否有声部。

听了不知道多少首，可算听见个有声部的。

还没完：听是听到分声部了，怎么唱？

网易云：这我就无能为力了。

好吧。

当天晚上，灯都熄了，和灏敏两个人生扒低声部曲调。

扒还算容易的，两个人模拟和声才叫灾难。你体验过一共就两个声部，两个声部互相带跑都找不着调的绝望吗？"不是，咱俩自己都唱不好，还教大家？"

这不行，得录音，听自己唱的是个啥。

录完，文件名：变态和声。

再录一个：变变态和声。

最后一个：真变态。

变态是真变态，把它驯服了，就是美妙的和声了。

于是，"真变态"录音里，不再是"变态"的刺耳魔音，而是像模像样的和声了。

看表：12:30

快睡吧。明早可能会忘，但是再说吧。

明早，果然忘了。

俩人从金声回来冥思苦想了一路，可算捡起来了。"到时候给大家演示之前一定要练一遍。"

借了波波的语文课排和声，奇迹般的一节课就排完了，一定是因为大家的努力认真吧。

当时确实是以为排完了。

事实上，问题有很多：低声部挑去了许多主力，原调的高音显得不够突出；人数、队形和服装的限制，让人员调动变得十分复杂，等等。

但这些在小17面前都不是问题。我小17自诞生以来，害怕过哪个困难？

慢慢地，在全班的努力下，和声配合得越来越好，也越来越自然、有层次。

我见到低声部的姑娘们努力地记住调子唱大声，我见到原调的同学们不断地寻找唱高音的方法，我见到男生们努力地以各种形式为整体音量做贡献。总之，总之，大家的努力，都看在眼里，暖在心里。

没有什么事情是认真做不好的，谢谢小17每一个人的认真。

五

"对不起，对不起！我指挥错了。"

这句话，每文已经说了很多遍了；越往后，说得越来越少。

她是很想做好这件事的，不然也不会练到每听到一首歌都忍不住来一段指挥，并惊呼："怎么那么多歌都是4拍子的！"

两个人对着形体室的镜子，音乐一遍一遍地循环播放，哪一个地方怎么进，该打字的时候怎么拖，怎么对点，一个地方、一个地方地练，她脸上的表情逐渐从疑惑慢慢变成思索，再变成坚定。

"指挥这周末要去进修一下。"

进修成果——考核通过。

考核来时，指挥大人穿着小西装和墨绿长裙，被别人说"像团委书记""像教导主任"，而指挥本人，则在纠结眼影的颜色。

都练了那么久了，那些节点已经烂熟于心。

在台上，灏敏面对着我们，始终带着坚定的微笑，用她令人安心的眼神告诉着我们：别害怕，你们很棒，记得要有笑容。

她圆了做一次指挥的愿望，也帮小17圆了呈现一次完美的演出的愿望。

六

"1，2，3……哎，还少几个呢？"

出门一看：外面的柜子边排了一排用餐的姑娘，有方便粉，有方便粥，有面包。

和运动会时一样，我们浩浩荡荡地请了一个集体的午休假，拿来排练。这次更加辛苦，还连着下午第一节自习课。

这天是周五，出宿舍之前，生活老师照例叮嘱我们收衣服带齐东西，还多加了一句："好辛苦啊，搞活动。"

又是唱，又是走队形，这一时半会儿，大家还真是吃不消。

最后一遍，小震靠在我肩上没说话。"累了吗？"小震这才说："有一点。"

怎么会不累呢，一中午不睡觉，还干这种体力活；可是，大家都不说。所有人一起受着这份累，也一起期待着比赛当天的绽放。

比赛当天，从身着亮晶晶礼服裙的姑娘们迈上台阶的那一刻开始，场下的惊呼不断，我相信所有在场观众就没有在我们表演时走过神。

大约一个小时前，莹莹放弃了讲课，不仅给我们时间换衣服、化妆，还亲自上阵，帮女孩子们绑腰带、梳头发。

冬天的寒风吹在长裙上，轻纱的泡泡袖跟着打了个哆嗦，满身的亮片 blingbling。

波波说，听我们唱了那么多遍，还是最后演唱的那一遍最好听。

一切都和想象中一样：柔和而又自信的歌声，有序而又优雅的队形变换，阿特和蒨轻盈而又触人心弦的舞蹈，土土温馨而又熟练的钢琴，每文坚定而又令人安心的指挥，岚岚和诗怡或动人或甜美的独唱，美好温柔的献花……

忽而，从前那些为之疲惫的日夜，那些口干舌燥，那些和大家一起走来的努力、努力、再努力，找到了它们存在的意义和归宿。

儒飞坐在门口。我们从外面退场回来，远远地看到他从门口竖起的大拇指。

礼堂外的集体照里，每个人都笑得很开心。

"wohooh！我们班一定是第一名没错了！"

无论结果如何，小 17 都是我心里的第一名。

近来，发现自己的性情越来越寡淡了，仿佛那些情感在过去的几年里已经燃烧得所剩无几，越来越少。对于这个发现，我是有些沮丧的。

可就算性情在一点点地变得寡淡，对于小 17 的感情只增不减。

这是和小 17 一起的第一次，也是最后一次合唱节了。谢谢小 17，让我在这个合唱节不留遗憾。

对这个集体也是一样，对这个集体的每一个人也是一样，往事的美好铸就着我们的回忆，正在进行的生活加固着我们的情谊，对未来的约定延伸着我们的信念。

　　我们走到一起，是一种偶然。可当偶然成为唯一的时候，它就是一种必然。

　　谁能证明你在人间来过？

　　我要陪伴着小 17 的每一个人，证明他们每个人在我生命轨迹中留下的足迹。

　　感谢小 17 的每一个人陪伴着我，与我一起走过这美好的青春年华，佐证我的幸福。

　　我爱你们。

美　女

每次发新宿舍合照的朋友圈，底下一堆评论都在说我们宿舍是一宿舍美女。

"知乎"上有个很火的问题：有一个女神室友是一种什么体验？不好意思，我有五个女神室友，还是不同 style 的，爽不？

活在美女之间，时常出现的自卑是绕不过去的。但这在我们美好的宿舍生活面前完全不值一提。

每文说："我和我爸说，我要和一群美女一个宿舍了。我爸说，你小心点。我说，没有啊，美女人都超好的啊！"对，她们人都超好的。

时常感叹我们怎么就机缘巧合之下组了个宿舍，这么和谐快活，好像是一种奇妙的化学反应，六个人凑在一起刚刚好。

我们在班里可嚣张了，老嚣张的那种。一个班长、两个副班长"撑腰"，是班里的活跃分子。刚开学，有外班的开玩笑："为什么每次一下课都是你们几个排成一排在外面走来走去？"

我们也是认真的。学习这么大个事儿，从不马虎。也许别人看我们总是到处玩，作业有时候也不好好写，这活动、那竞选一堆堆；但我们的努力和用心，我们自己知道。她们是那么上进，相比之下，我是那么颓废如咸鱼。

我们有个第一次操作就决定要延续下去的传统：有人过生日时，前一晚，集体为她"守岁"熬夜，寿星"发表感言"；第二天早上，由最早起床的悄悄将"众筹"买的礼物放到她桌上。于是，我们就有了一个"五人群"：站队孤立寿星。

我毫不吝啬对她们的夸赞，因为她们真的太优秀了。无论是才艺、特长、工作能力，还有成绩，她们都太棒了。她们的优秀总会在日常的亲密无间中被掩盖，大概是因为太过熟悉，彼此之间的交流太过日常，几个人对这些习以为常；但光芒是掩盖不住的，还是会时常在看似普通的谈话间看出她们的强大，还有强大与可爱之间的谦逊。我很幸运地生活在这样一个环境中，也在不断地探索自我。

她们的心就像外貌一样美丽。我们常常自嘲是"动不动闹分裂，宿舍矛盾不断的塑料姐妹花"；但只有感情够真切够诚挚，才能这样开玩笑。我们会在雨季意外发现"小黑屋"里悦耳的雨声，关上灯，在黑暗而静谧的环境中，彻底地袒露真实的自己，因为我们知道对方不会伤害到自己；坦率地评价每个人的优缺点，互相促进，因为我们知道这样做不会伤害到彼此。

我想，我们算得上是模范宿舍了吧，虽然我们每次出来玩都聚不齐六个人。天知道这是什么魔咒。于是，合照总有一个是画出来的小人儿。但不管怎样，能与她们相伴，度过最美好的青春，也许会是我这段青春里所占分量最多、最美好的青春记忆。

夜幕降至，晚自习刚刚开始，每文戳戳我，看着窗外的天。茂密的山间树林呈现出一个完美的弧度，将一片燃烧着的天温柔地包围。土土立马从"小黑屋"里取来相机，旁若无人地趴在窗台上记录这美好。夜深了，写作业的手略略发酸；再转头，夜幕将森林与天空一并吞噬，黑得像一面镜子，把教室里的挂灯映在林间。

很喜欢你们，很感谢你们。姑娘们趴在楼梯口的栏杆上，痴痴地沉醉在神迹般粉红色的天空里，眯着眼看着山顶上飘渺的一缕青烟，祈祷架在粉幕之下的电线杆不要将这梦幻戳破，脸上不自觉泛起笑容。少女的心彼此相连。

清静无为

　　17班班主任叫 tobo，或者波波老师，是语文老师。

　　他有一个公众号，叫"深圳波波语文"，有时候会发一些我们学生写的文章，称呼我们为"波波弟子"。

　　第一学期，他是三班、四班的语文老师，给我们班代过一节作文课，给我们看了一篇他以前学生的惊世骇俗之作——《致刘和珍君》的改编作文。我们全班目瞪口呆，疯狂挠头。后来的作文题已经不记得了，只记得听他讲了一节有意思的玩意。

　　波波热衷"清静无为"。刚开学，我们班安静得可怕，人人都无比担心的时候，波波乐呵呵地和我们说，这对于文科特优班来说很正常，也挺好的。他带班也完全是清静无为的 style，好多事都是班长每文和家委会做的。当演心理剧的时候，每一次演出完，波波都会来表扬我们，祝贺我们一波。最后决赛夺冠的时候，他有事没来，晚自习时，夸了我们好久好久，把我们心理剧的剧本和心得发到了他的公众号上。有一天，他给我一沓他去照相馆冲洗的照片，让我在后面布告栏上布置一下。我打开，是我们心理剧比赛的照片。门外的书架上，不知什么时候摆上了带相框的我们剧组合照。

波波热衷于在每天上课——无论是语文课还是班会时说："来，我们先看一篇文章。"然后，半节课就过去了。波波还特别喜欢布置研究任务，无论是小组，还是个人。有时候，任务布置到后来，他都忘记自己布置了些什么。总之，就是一个个上台来展示，"消磨"了一节节语文课。

波波有一点肚子。无论是他上课，还是说事情、给通知，还是在班里转悠两圈，都会一只手摸在自己的肚子上，有节奏地画着圈。很好奇，这是什么有用的瘦肚子小技巧吗？

其实，我挺对不起他的，班主任教语文，我自己六科成绩中语文最差。一个学期下来了，他估计也知道了我并不是那种老老实实学习的好学生。有一次，他说我语文作业质量不太高，其他作业呢？我也很坦率：其他作业也不咋地。后来，在随笔里悄咪咪问了他怎么提高作业质量，得到的答复跟我自己想的也差不多。我也知道我说"以后一定要好好写作业"也不是特别一定。总之，我还是很对不起他。

我们还是很喜欢他的，一位与众不同的班主任。

波波其实是很厉害的语文老师呢；但是他从不标榜自己，也从不表现这一点。

波波又一次给我们看了一篇他以前写的文章，他说："特别想回到学生时代。那个时候，每天有人逼着你写作，多么幸福啊。"我把这个故事讲给妈妈听，妈妈说："所以他才来做老师吗？"

波波其实创造了很多梗，但是他不自知。波波其实很好奇我们这些"年轻人"的想法吧，虽然平时看见他都是慢悠悠地摸着小肚子在各种地方行走，走廊、操场……每文说看见过他游泳。

波波其实很久没有当班主任了。莹莹老师也说她没想到，波波居然会"复出"做这届文特班的班主任。他给我们看过，他很久以前做班主任（其实就是上一次做班主任），在高三的时候，他记录的与学生们的点滴。

　　在井冈山，行车在山林之间，我坐在他后面，看着窗外。

　　"要是这山里有小妖怪就好了。"

　　我转头，看见他也靠在窗边，凝望着雨、云与雾。

　　我开玩笑："那会有生命危险吧？"

　　波波好像一下子兴奋了起来："如果真能有小妖怪的话，有生命危险也没关系了！"

　　我一下子笑了，定睛看了看山林草木。

　　"老师，你想要什么妖怪呀？小山妖吗？"

　　波波没有说话了。

老 龙

老龙的名字是伊人，"所谓伊人，在水一方"的伊人。那时背《蒹葭》，我们打趣：伊人在哪呀？伊人在办公室。

老龙是初中的班主任，带了我们三年，一直带到毕业。我们是她当班主任带的第一个班。年级主任说，我们是老龙的"初恋"。

老龙不老，老龙很年轻，年轻到像我们的大姐姐。我们初三的时候，她和男朋友结婚了。

老龙在学校有几个很要好的老师朋友，她们自称"天团"。每年暑假，她们会有一场"抛夫弃子"的旅行。那个时候，看老龙的朋友圈就成了一大乐趣。老龙拍照时总爱笑，笑得很灿烂，如她照片里的晴日一样。

老龙不高，小小一只，每次和班里大高个儿的男生谈话总有一种反差萌。

老龙很漂亮，是全年级最好看的班主任。她留着短发，齐耳短发。她说，大学那会剪了短发之后就一直是短发，没再留长了。老龙也很会穿衣服，谢师宴上，我们细数她超级好看的几套衣服，春夏秋冬，加起来数都数不完。

老龙爱运动。深圳的马拉松，她基本都会去跑。我们看过她跳伞时请人拍的视频。

上了高中，孜孜不倦地和朋友"安利"她，朋友们无一不羡慕我有这样的一个班主任。子七说："没见过老龙，却对她越来越崇拜了。一个老师能做到这个地步，绝了。"

告诉老龙，她被夸了。她笑了："这个地步是什么地步？"

我说，特别关心学生身心健康，"三观"特正，像大姐姐。

她说，这是她的目标。

其实，你早就做到啦。

我的大部分观念、思维都是在初中三年形成的。初中三年间，我也变了太多太多，稚气慢慢褪去。现在的我之所以是这个样子，和老龙有很大的关系。

我很喜欢她，喜欢她带班的方式，喜欢她时不时和我们讲一些平时没听过的事、没听过的想法。有什么糟心事，都特别想找她谈，感觉她什么难题都能化解。她是一名老师，也不只是一名老师。我希望自己长大以后，能像她一样：独立，聪明，优雅，自律，无畏，热情。

如果入学时我没有分在十班，没有遇到她来指引我、陪伴我，我会是什么样子？我不知道，也不太敢想。

即使上了高中，她也似乎还在我身边守护着我，鼓励着我，温暖着我。

她能和我唠家常，也能安抚我的失意。

毕业之后，逮到时间就往初中跑，去见她。见到她，总是开心的，聊聊天，吐吐苦水，就又充满了力量。

高中是福田区体育中考的考场，老龙这一届还留在初三。他们来考试的时候是期中考的下午，快迟到的我在天桥上听见神似初中化学老师的声音，定睛一看还真是，立马就兴奋地跳脚。无奈考试还是要考，只能一边祈祷雨快点停，一边祈祷老龙不要太快走。那天下了很大雨，不像我们体育中考时天气极好。老龙站在操场边上，撑着伞给学生加油。

假期，会和她还有小琳三个人一起吃一顿饭，唠唠嗑，拍拍照。

上个寒假，她去了马来西亚，寄了一张明信片到学校来：

"未来很长，愿你始终向上拔节，剪掉多余的牵绊，长成参天大树。"

"以后还有更多的美好，我也会与你分享更多的夏天。"

我的老师，我的挚友，我的向导。真好，在形成自我的年龄，有她带路。

也许以后都不会再辩论了？

对《奇葩说》的喜爱驱动了我对辩论的喜爱，却苦于没有机会。你能想象，一个一直渴求平台、渴求机会的人，在机会终于来临时，她会有多么的如狼似虎吗。

高二的辩论赛要来了，一个班两个名额。别的班两个人都报不满，我们班一口气就报了十个人。这无异于是宣判了我的死刑：想去辩论赛？好啊，先干过八个人。

这不是一件容易事，尤其是十个人中选出两个就更为艰难。所有的机会，所有的我的喜爱，对我来说都不是什么容易事。秦教授说："胜利是常事。"我说："对我来说，胜利永远都不是常事。"

所以，当能力配不上热情时，越喜爱，就越害怕。我特别没有底气，我不知道要如何才能脱颖而出。《奇葩说》第五季一开篇就是 50% 生存战，新老奇葩都累死累活的。对于我，这是 20% 的生存战，幸存率几乎为零。

每文说，国庆给时间准备，回来就上场。十月一日当晚，睡前看到灏在群里发了消息：辩题出了。

我犹豫许久，终究还是没有勇气点开来看。我知道，我要是看了，这个晚上是不用睡了。躺在床上想，怎么办呀？要怎么才能争取到这个机会？越想越觉得自己太"菜"，越想越害怕面对失败。该死的是我对它的喜爱不允许我就此放弃。恐慌不断地滋长，钟爱竟成了它的养料。忽然就哭了出来，理智的弦在流下眼泪的那一瞬间绷断。一下子，那些在匆忙中被忽视的委屈，那些习以为常的不如意一下子不讲道理地全员出动，摧残着泪腺，也摧残着我的意志。

不过，还好这是夜晚。在属于自己的夜晚，自我意识还足够坚强。于是，我"苟活"了下来。第二天，赖了个床，一起来看到辩题，对着电脑，不时起身徘徊，就这么过去了一天。可这一天的成果，不过是让毫无头绪变成了一堆自己都不满意的废话。

我想我有一个很大的问题：我总是易于激动。在现实生活中，会因为包容和懒而不去争辩，但"辩论场"这个名词给予我证明自己价值观的冲动，而冲动最可怕之处就在于：它常常会让你在极端情绪下违背了自己激动的本心。我坚信一件事，是因为我有一套自己的理论体系，这个本系起源于我的经历，发展于我的实践，根植于我的灵魂。对于我来说，这是理所当然，但这只适用于我本人，只能说服我自己。所以，我总是发现我和秦教授等同学的差距就在于：我们都能想到的事情、观点，他们能把它讲清楚，而我总是绕来绕去。

不管怎样害怕、怎样觉得自己准备得不充分，那一节语文课就一直在那个时间点等着我，看着我一点点向它靠拢。它本是没有表情，没有暗示，没有情绪流露的；可是对我而言，它是一个黑洞，是魔鬼张开的血盆大口，等着咀嚼我的热爱。

似乎时间越紧迫越能逼出一些什么。经过队内的讨论，还有每文的指点，我改改这里改改那里，加上些什么，删掉些什么。周一的中午，想着"要发奋图强睡觉"的我在阳台上练得口干舌燥，总算把想好的点捋顺了。

临上场前，反而没了那种害怕，我的热情终于不再通过这种骇人的方式表达出来，只不过似乎稍微有点点晚。喜欢辩论这么久了，终于有了一次正儿八经的实战机会。我终于感受到什么叫"当局者迷，旁观者清"以及"事后诸葛亮"。波波说："辩论呢，看起来容易，做起来是真的难。"当我真真切切坐在那个相对着的辩论席上的时候，当那些站在我对立面的人真真切切就坐在我的对面"凶神恶煞"，当我真真切切要在评委、观众、对手面前开口说话的时候，该完成的任务还是没有完成，该有的冷静还是被冲得七零八落，该卡壳的地方还是卡了，该垮的地方还是垮了。这是比在面对冗长而没有重点的准备案时还要灰心的情感体验。大家夸我说得好，我却感受不到多大的快乐：我明明不应该这样的。

但总归还是结束了。一节课这么下来，脑子热得快要涨裂，跑到教室外面趴在栏杆上，也没有什么风。结束了，结束了。

此刻却有一种奇异的感觉：没选上的话，也就那样吧。

后来发现，按照年级的班级数算的话，会有两个班需要出四个人。如果是这样，作为文特，我们还是很有这个信心的。于是，就先选了四个人，其中有我。

但更奇异的感觉出现了：这个结果也没有给我带来更多的快乐；反而，会让我不自觉地嘴角上扬的时候，是我想起那些担心害怕的时候，是那些潜心准备的时候。

以前一直都不相信"只要努力过，无论结果如何都已经不重要了"，觉得那是一句拙劣的安慰；但现在才发现，那只是因为对正在努力的事情不够热爱。很奇妙，一开始是对好结果的渴望驱动着我努力；但等一切都结束后，真正值得回忆和怀念的是那曾经纠结曾经迷惘的努力的过程，而在这时才真正看清那份热爱对自己的不离不弃，和这份热情无与伦比的价值。如果对一件事没有付出太多的努力，只是随便应付，并不在乎结果，到最后如果获得了好结果，会觉得"嘿，我随便弄弄也还很可以嘛"，就对这个过程毫无感觉，只留下一点小聪明的沾沾自喜；而对于真正的热爱，无论多努力都不过分。在自己的热爱面前，我显得那么的卑微。而正是这份卑微，让我努力去接近的满腔热血显得格外的难忘。

但这其实也建立在获得了好结果的基础上。若是没有达到目标，多半是会沉浸在遗憾之中吧。像是询问每文如果选两个人我是不是就去不了，她结结巴巴地说"你是第三"之后，脆弱的人性就把我拉入了无尽的叹息之中了。好吧，卑微如我，再怎么努力，还是和那份热爱有一点距离呢。热爱带来的作用依然会是两面的，像是本已经做好了"如果还是选两个人我就去不了了"这种大概率事件的心理准备，可是当周五下午开开心心上完体育课回到班，看到一张"高二辩论赛"的准备书摆在桌面上，很兴奋地拿起来看，却赫然看到自己的名字出现在"主持人"里面，心中五味杂陈。如果波波告诉我我落选了，但是有主持的机会，我会主动说我想去当主持人，但是现在的情况就变得有些微妙：波波压根儿就没告诉我，直接把我划到主持人里面。我知道波波没有恶意，可是这样的安排显得多么戏谑、多么讽刺啊。

而最幸福的一部分是：当亲近的人了解了我的热情，为我的热情保驾护航。像是妈妈会在我崩溃而哭的时候安抚我慢慢入睡，想办法协助我的准备，让我不那么消沉；像是每文会鼓励我，陪我练习和讨论，教我怎么去说。也许是因为这些温暖，在那些害怕的日子里，还能撑过来吧。

可能我还是太没有经验了吧，作为结辩却没有注重于总结归纳，总是想着怎么去反驳；一张嘴就容易激动得语无伦次，紧张导致忘词。没关系啦，有了这次经验，下次，一定会比前一次有所进步。

　　少年啊，永远热泪盈眶。

　　不虚此行，仍需努力。

黄袍即感动

　　订班服这事，当真花了大家不少心思，无论是泼波舌战群儒，还是苹果精心设计的班徽，抑或是美女们热衷的芥黄。不过，这些鸡飞狗跳也好，皮一下很开心也好，最后拿到的班服，就是一身芥黄，右胸上墨色"拾柒"，左侧朱红班徽。土土作为历史课代表把班服给微微的时候，说："这是天子的颜色。"微微笑着说："那你应该把它披在我身上给我。"

　　运动会要来了，这么一句话，能击中每一个红岭学子的心。

　　这是一年中最盛大的活动，为了这场绽放，每个班、每个人，都铆足了劲。从初中到现在已经五年了，每一年都是同样的期待与激动。

　　开幕式当天，同学们穿着美美的表演服。我们当初选代表国家的宗旨就是：反正也抢不到那些热门的，干脆挑一个谁也不知道的国家；然后，不管它，搞自己的。于是，代表西非国家"贝宁"的小17，穿着全场最好看的韩服。我们在看台上坐定，谈笑之间忽而从余光中瞥见一丝芥黄，带着些许惊讶和期待回眸——一身黄袍的波波出现在眼前。波波见了我们，脸上游走着一缕复杂的表情，有吃惊，有无奈，有疑惑，有失望，又有笑意，说："怎么，大家都不穿班服呀？"大家乐得不可开交，我大喊一句："老师，你是操场上最亮眼的一颗星！"我本来有个道具铃铛，后来发现做动作的时候总是掉，果断放弃，把它送给了波波。于是，在各路人士的抓拍当中，我看到穿着黄袍的波波，或是举着黄灿灿的铃铛快乐奔跑，或是把黄灿灿的铃铛插在手指上尽情摇摆。

第二天的正式比赛，统一穿班服之后，我们班在一众黑白暗色之中成为最抢眼的一抹黄。无论在哪个角落，只要看到黄黄，我们就知道：哦，自己人。

带着做家长义工的妈妈给参加比赛的同学们拍照，穿梭在人群之中，寻找芥黄。这样的感觉有一丝微妙，似乎是，那些关于17班的特质、印记，具象化之后，被赋予在这排山倒海的芥黄之上。女子100米检录完毕后，裁判带着一队选手从看台前走过，看台上的黄黄们全部起身向前凑，看向长长队伍当中的两点黄黄——苏老师和蒨，高声呼喊。黄黄够亮眼，无论每一个黄黄跑多远、飞多高，回首之时，都能看到，在茫茫人海中，有一群黄黄，永远支持，永远守护。

每文去团委工作，听说有我们班的同学要跑了，急匆匆地问身边人有没有看见我们班的人出来接运动员的。没有项目的同学，想要出来接人、拍照，就必须穿上红马甲。被每文问到的人环视操场，目光很快被行走着的"番茄炒蛋"所吸引："喏，那里，那里！那群最亮的就是你们班的！"

是啊，我们就是整个操场上70个班里面最亮眼的。这样的亮眼，我们完全受得住。

自己报了接力。看着前面高一的一组一组上道，一组一组跑完，上场的时刻一点点逼近，四只黄黄都是一样的紧张，又都是一样的坚定。预赛时被分在第八道，由于有弯道，所以在第四棒开始之前，我们的起跑线看起来都比别的班靠前面。第二棒的我，隔着一个弯道，在枪响之后，只闻呐喊不见人。平静的跑道上暗流涌动，似乎下一秒就要有人闯入视线。于是，一抹黄率先出现，点亮了整个赛场——是潇！来不及感动与惊喜，接过棒拔腿朝前方100米处的黄黄奔去。三棒的果果在接力区等着我。我看着那块黄黄一点点从黄豆变成了黄旗，用力打下接力棒，黄旗飘飘远去。果果说，她看着直道这头的我，黄黄的我冲在最前面向她奔来，心里万般感动，愈加坚毅。事实上，从潇交棒给我，我交棒给果果，果果交棒给苏老师，都是第一个。于是，苏老师一骑绝尘，黄黄冲上了那艳红的终点线。莹莹老师说："这黄色选得好啊，像一道黄色的闪电！"

也许芥黄只是一个载体吧，换成艳红鲜橙，或直接穿校服，小17也依然是小17。总觉得咱们有一些和其他班不一样的力量，也许是出于姑娘多，但更多的是来自于每一个人的温暖纯良吧。17班是我的温柔乡。我也相信，每一个小17都在17班里收获了独一无二的感动与温馨。

从此以后，芥黄不再是芥黄，是17班黄。

一些奇迹

　　红岭美好的不仅仅是人，还有那些缄默不语的景致。在学校有一点很妙，你没有了手机，你觉得自己十分纯粹。

一

　　学校时常会有粉红色的天空出没，它总在傍晚时大笔一挥，松软的画笔涂抹出一片最甜腻的世界。见多了几次，粉色天空就变成了洗完澡湿着头发去晚自习路上的一点点小期待和小确幸。这种粉色真的很暧昧，树木在这样的天空下显得更浓郁，教学楼在这样的天空下宁静而暗流涌动。这片粉笼罩着红岭，笼罩着红岭的人，把一切淹没在粉红色的海洋里。它是有吸引力的，一种极具魅惑而刺激的吸引力。它又可以很让人心里酥酥的，安心而放松。咱们班靠近楼梯，有一片小小的向着操场的空间。趴在那儿的栏杆上，向更高、更远的地方看去，是一座小山包，山包上是两座电线塔，之间垂着电线。平日里，它们总与云雾缠绕，云雾在它们身上缓缓流过、滑过。而在粉红色的天空之下，不见一片云、一抹雾，两座电线塔轻柔地伸入这片粉，山包微暗。这样的画面，应该是一个女孩子最美好的幻想。

二

原来早起的同学还可以先回班等打了铃再去做操的时候，时常在走过长长的走廊去打水的时候，呆呆地看着走廊另一端尽头的答疑间的阳台泻下长条长条的、金灿灿的阳光，披在木桌椅上，也披在我的侧身。朝阳可以透过窗延伸好长好长，又大片大片，还金黄得令人不敢相信。这样的阳光里，我看到安宁，看到憧憬，看到新一天的斗志满满，看到不变的初心与不急不慢，看到年轻的生机蓬勃。若是把小木椅换成竹藤椅，似乎立马就是那种白色的、蓝屋顶的小木屋门前，躺在"吱呀""吱呀"的竹藤椅上轻轻摇啊摇，睡眼惺忪，困意犹存，看朝阳在草地的尽头上空轻轻转着圈，一波又一波温暖的阳光照亮了慵懒的自己，照亮了美好的早晨。每天，会在这样的阳光的鼓励下，开开心心地开始和昨天一样精彩的一天。

三

超级台风"山竹"席卷而来，放了一天的假。其实，在周日傍晚，台风本身带来的影响已经完结。周一，辛劳的工作者们起早贪黑地开始各种修复，恢复秩序。我们窝在家里，不知道学校都经历了些什么，像是台风刮倒了多少棵沐浴过阳光、见证过美好的树，像是辛苦的叔叔、阿姨流了多少汗。到了夜晚归校，苏老师指着原先那颗花树的方向，说："它阵亡了，那棵最高、最好看的。"是啊，它原本很高，最接近圣殿；它原本很美，最近似仙境。现在，它被劈断，不见向高处远处延伸的树枝，只有一节被劈裂了的主树干，可怕的尖刺矗向一方天空。我无法形容自己的悲伤，好似那尖利而厚重的木刺正结结实实地扎在我心上。我想起在花季时，它曾带给我的触动。

夜晚很黑，很伤感。在这哥特式的感伤中，我悼念一棵树。

刹那间，那枯裂的树干上最后一次开出了粉紫色的花。我看到这花树的消亡，有一种《无问西东》里，教授在日军炮火袭击后听到泰戈尔逝世时的迷茫失措，一些些恍惚。

第二天，我看见宿舍楼"拥翠阁"的"阁"字门字框的半边掉了，没有了金色的浮雕字，只有灰灰的一条痕迹。又几天过去了，那半边依然空着。其实，我觉得，不补，就挺好的了。

第五辑

每次开门都是新世界

大千世界，无奇不有。总想去看看，去看看，睁着一双好奇的眼。也许会遇见平凡的美好，也许会遇见精彩的奇观，也许会遇见不知所措，也许会遇见不同，也许会遇见善良。形形色色的人流淌着，流淌着不一样的血泪人生。说不定在某一刻，自己的灵魂"咻"地受到感召，体会了一番不一样的自己。

红树林

"今天下午去红树林！""终于！"

本来上周四就该去了的，但是总下雨，今天终于能去了。

本来只是很兴奋地觉得"能逃出来放放风"，不曾想竟会遇见这样的柔美。红树林真的太美了。

仰头沉浸在夕阳的余晖中，一团团挂在细枝上的细小的花躲躲藏藏；远望是湿地彼岸稀疏的枯枝在斜阳下斑驳错落，颇有西部老牛仔迟暮的豪壮之意；深绿浓密的绿叶追寻着太阳的轨迹，树影婆娑，却掩不住炽热的光；走在木栈道上，两侧的高树垂下细长细长的叶，被黄昏照得一面鲜绿一面艳橙，铺满了整个视线，如临仙境，只可惜我们不像爱丽丝一样伶俐可爱；水波金光闪闪，几只白鹭掠过，背着光，留下一道金波。

姑娘们一路走走停停，驻足拍照。手挽手地连成一排，在大自然温柔的怀抱下开怀大笑，像幼稚天真的、来郊游的小孩子。这里有着一种魔力，所有平凡的事物在这里都变得美好了，即使是排在一起的书包。

想要去问问那些很高很高的树，上面的风景如何？想要去问问那大弹涂鱼，你有没有遇见过一颗超级美丽的鹅卵石？想要去问问那白鹭，来回迁徙的路上遇到过什么趣事？

回去的路上，几个人偷跑去买椰子喝。其实没有很甜，可是捧着它赶紧跑的时候真的很搞笑，又很开心。

这里美丽得很不真实，小姑娘们在这样的浪漫下被征服了，心生荡漾，聊起了爱情。

阿特："这里好美，总觉得是爱情故事发生的地方。"

在这里发生的爱情故事，大概是这样的吧：

小路曲曲折折，绿树丛花为伴。向前慢慢地走着，慢慢地靠近，光影一道一道地掠过面庞，仿佛在告示着什么。登上狭长的桥，桥在水面上蜿蜒，似乎伸向那跳动着金光的湖中央。只见那少年轻倚在扶栏上，橙红色的夕阳映在他的黑发上、他的面庞上、他的白衣上，暖暖的。他怔怔地看着眼前的美景，彼岸绯红的夕阳眼看就要掉入水中。不由自主得走过去，看向他瞭望的远方，轻声地问："好看吗？"他似乎有些惊讶，转头看了你一眼，似乎是浮现了一个难以察觉的微笑。他又转过头去，望望湿地上翔集的翩翩白鹭扑扇着沾了水的翅膀，望望树木干瘦的枝干切割着落日，又转头，望着盈满夜之将至的温柔的你的眼，一笑，把你耳旁的碎发拨开，俯身凑到耳边，低语："没有你好看。"那一瞬，夕阳爬上了脸颊。

在那里，雨不曾停

　　站在博物馆门前，全年级一千多号人，人接着伞，五颜六色的伞盖满了又宽又高的台阶，连在一起成了个巨大的蓬。再大的蓬，也盖不住伞下嘈杂的谈笑声。前面拍照的老师说："3、2、1，大家收伞拍照啊！"一听这话，还没开始数呢，所有人一副"保命要紧"的表情，惊叫着呼啦啦地往后撤，撤到有屋顶的避雨的地方，差点酿成踩踏事故。半晌惊魂未定后，爆出最开怀的笑，剩下台阶下撑着伞驾着相机的老师无奈地撑腰苦笑。

　　出发前，看一位学姐怀念井冈山活动：那是我最美好的夏天。

　　在井冈山，似乎终日与雨为伴，在那里，雨不曾停歇，只有大雨、中雨、暴雨之分。回程前，竟意外地停了一会儿雨，是对我们的送别吗？穿着雨衣打着伞，在湿漉漉的田间、山林间的小路上蹦蹦跳跳，无论做什么都是开心的。

　　把伞打得低低的，紧挨着半湿的脑袋，低头是鹅卵石间汩汩流淌的溪水混着雨水。身旁从伞上滑下的雨，似是一片屏风，将我与外界隔离，雨点打在伞上，打在头上，打在心里。怯生生地抬头，山林的气魄直击心灵，一时间晃了神。

似乎可以想一想有关灵魂的问题，而且似乎会有答案。

妈妈说，你在什么样的年纪，和什么样的人，去什么地方玩，都是不一样的。有时候，会觉得自己真的很幸福，身边的人都那么可爱，又那么爱我，而我也毫无保留地爱着他们，因而能去体会世界的温柔，愈发充满了力量。

如果让我一个人，或是和陌生人来井冈山，我是绝对不愿意的；但是有了大家，就变得只剩下快乐和爱了。

在火车上，有各显风骚的睡姿和深夜无眠的游戏，有跨越半个火车的紧张刺激"狼人杀"，有大家一听到就心照不宣地笑出声的、17班专属的笑梗。有暖光下女孩子们甜甜地一起唱起的歌，有长征路上的相互帮助、相互鼓励，有饭桌上其乐融融的交谈，有九个人悄悄潜逃出去吃雪糕。有美女们不眠夜的小游戏，有六朵金花一路吃苦耐劳还要被我们开玩笑的无可奈何；有火车上最后一晚，"全民公审"莫导游；有火车飞驰，你可以依靠的肩膀……

多想火车永不靠站，旅途永不结束，17班永不分离。

目的地呢，则远在千里外等我，最好是永不到达，好让我永远不下车。

撑着伞，站在下个不停的雨中，等着美好不停的降临。转头，是所爱之人招呼你来。

在那里，雨不曾停。

带回井冈山的雨，故事还在延续。合上一下子写了一大半的日记，闭上眼，听的是绿皮火车"呜呜"的响声。

你这个只能叫日记

　　一开始写日记，是因为给惠惠买生日礼物的时候看到一个超级好看的本子，颜色是我喜欢的艳丽，上面写着"以梦为马"，还有"恭喜恭喜"的日文。当时没多想就买了，觉着这么好看的本子，我要用它来做一些有意义的事情才行。

　　纠结了很久要不要写日记，因为我知道自己没什么恒心毅力，如果又是半途而废，我会觉得还不如不开始。后来，一咬牙，说这次一定要坚持下去，就写了。没想到一发不可收拾，在学校的日子平均一天起码能写个1500字，一晃一学期过了，32开的厚本子我给写了三大本还多。

　　动笔之后，我才发现，自己对这样的记录有多么着迷。我爱笑，爱美好的事，爱思考，我把这些occur to me的生活中的琐碎转化为白纸黑字，想着这样似乎就能留住当初的情绪与感动。时间的流逝有时令人期待，我的记录中不乏对未来的期许，但有时也让人心生畏惧，害怕曾经的美好会被时间冲淡，甚至在以后变为残忍戳心的一把利刃。我不愿看到这样的结果，我把它们收拾在一起，我相信我写的时间越长，每一件小事之间的联系越清晰可见，越令人倍感温馨。

所以，当"五万字"的要求摆在我面前的时候，我笑了：我的日记都不知道多少万字了。但日记当然不能直接拿出来给所有的人看，我还是得从中获得灵感后苦苦地在电脑前敲键盘码字，呈现出全新的文字。

写日记这事也曾经迷惑过我。我对它有一些上瘾，一种已经影响了我正常生活、学习而我却不自知的着迷。每一个课间、午间，本该拿来写作业、复习的晚自习，我被那小小的笔记本牢牢地锁定，疯了一般地在上面无所不尽其详地记录着几乎我每一分每一秒的细微感受。我以为那是我想要的美好。于是，我只能在本该睡觉的午夜敷衍一下作业，在日记上说好明天一定要复习，最后却叹一句"时间太少了"不了了之。期中考失利后，我面对着它，抱着手摊在座椅上，我在想，到底应该怎么对待自己的热爱和任务。后来，我想通了：完成并且高质量地完成我的任务，是为了让我更加心安理得去面对我的热爱，让我热爱的也能见到一个越来越优秀的自己。我当然想每天都写写文章，跳跳舞，唱唱歌，喝喜欢喝的茶，和家人朋友出去找乐子，但我知道这是不可能的。现在的我作为学生，有繁重的学业；未来的我作为一名员工，或者一个妈妈，都有一些自己可能并不享受但责任所在不得不做的事情。我的热爱不是我逃避这些现实的借口，它应该是我努力去击破这些困难的动力。

于是，我终于学会了如何来正确对待我的日记，学会了如何让社会中的自己和心灵世界的自己友好相处。她们不用再你争我抢地想要霸占我每时每刻的控制权，她们终于学会了如何互相帮助、互相鼓励。

我的日记依然充满了美好，我依然一天不差地记录着自己平凡而幸福的生活。虽然我有时失意迷茫，但我总知道自己应该做什么，应该怎么做。

我只记得它的光怪陆离

初中的化学老师有一次说:"你们小孩子应该是很少做梦的。"当时,我和小琳听了有点蒙:我们基本上每天都做梦啊。

我真的经常做梦。几乎每晚都至少做一个梦,连课间十分钟小憩都能做个短促的梦。我睡觉时,眼睛不会完全闭得紧紧的,会有一条小缝,眼皮不安分地跳来跳去,尤其是上课偷睡的时候。所以,有时候,我已经趴着睡着了,依然是有意识的,依然听得到身边的人说话。这听着怪恐怖的,我也搞不清是缺陷还是优势。

我从来都不记得我自己做的梦。无论梦的长短,每一次醒来之后都不记得。我会模模糊糊地记得自己做过梦,而且还是有剧情的,却完全忘记了是什么剧情。我会隐隐约约记得好像是出现过这么些人,但不确定他们是否真的出现过。只是,醒来之后,会时不时地在脑中闪过一些零星的画面,不定时地随机在脑海里上演一段瞬时间的"蒙太奇"。我只知道那是梦中出现过的,其他的,就再无从知晓了。有时候会想,如果我记得自己的梦都有什么样的奇思妙想，那该多么有趣啊。它们像是头脑深处遗失的宝藏，沉没时无声无息，只留下一张支离破碎且含糊不清的藏宝图，以及对这有了跟没有差不多的线索束手无策的我自己。同时，我也相信，如果我能理解自己的梦，我也会更了解自己吧。在我的心里，解梦人和占卜师一样玄幻而神秘，却又比占卜师多了一份科学性，更加令我充满好奇，也充满向往。

朋友们经常和我讲述她们做过的一些梦，有的是美好的幻想，有的是不可思议的冒险，有的是一些真实的日常，有些则是痛苦可怕的噩梦。我听着，想着自己昨晚做的梦，无论再怎么努力地回忆，终究还是想不起来。只是，我知道它们都充斥着各种光怪陆离的不可能。

我想，我的梦就像科幻片，无所不尽其极的奇幻与不现实。我有时会想起里面有魔法，有超能力，有不可思议的建筑，有超现实的景观，我记得有这些东西，但我不记得它们的样子。我想，我是记住了在梦里遇见这些时的感觉。可能我的脑中每天都在播着自己随心所欲导演的大片，不需要考虑票房，也不急着表达什么，想到什么就拍什么。

我觉得梦是神秘的，我也着迷于它的神秘。黑夜是神秘的开端，关了灯，躺倒在松松软软的床上，对着一片漆黑眨巴眨巴眼睛，本来空洞无趣的黑似乎放映起了白天经历过的事情。放映匆匆结束，脑子里面开始胡思乱想，由一件事节外生枝地想到许多事，以至于想太远了会忘记最初想要去思索的重要的事情，需要一点一点地回溯到根源，甚至有时那个根源就在茫茫脑海中遗失掉了。着急也好，遗憾也罢，知道那些想象太丰富，眼皮逐渐失去了力气。等我的肉身终于睡去，精神世界开始了它们的狂欢。但它们特别小气，不愿与现实分享它们的乐趣。我在想，如果哪天我真正做到了精神与物质世界的和解，它们会不会愿意向我展示它们每晚狂欢的快乐呢？

那一个个光怪陆离的梦和平淡的现实有着鲜明的对比，尽管在极乐之时，我会说"简直像梦一样"；但我知道这是现实，而且我的梦也不可能这么真实。我想，我在清醒时流逝的想象力，估计都是躲到梦里去了吧。

"梦"是一个非常奇妙的设计，当它发生的时候，你既可以告诉自己这是预言，梦中的事在不久的将来一定会实现；你也可以安慰自己这只是个梦，不是真的，这些东西永远不会照进现实；它似乎总归不会带来实质性的伤害，甚至还可以带来美好。我不懂我的梦，我只记得它光怪陆离。

陌生人

其实，对于陌生人，我是很警惕的，但也有一些只有一次的相遇让我感叹人生的奇妙。在这现代都市里，人流车流你来我往，一天能见多少人？

一

一天，坐地铁返校。买票的时候，旁边有个哥哥也在买。哥哥穿着比较像我们所说的"社会人"，因为纸币总是被退回来，忍不住爆了几个脏字。我手头恰好有一张五元纸币，就跟他说："要不我们换一下试试？"哥哥试了一下，依然被退了回来。我一阵尴尬。哥哥还是说了一句"谢谢"，去客服换了钱、买了票。下楼梯时没有自动扶梯，我收起箱子的手拉杆准备拎下去。哥哥出现在楼梯上，说："要不，我帮你？"我笑笑："没事，不用。很轻的！"哥哥应了一声"好吧"，就跑下去了。

哥哥看起来不像是一个好亲近的人，他的话不多，印象也属于比较凶的那种人，但他是个很善良的人不是吗。更喜欢的，是这种善意尽管没有派上用场却依然值得感激、值得传递的感觉。

二

又是一次返校，路过一个 mall。一个哥哥叫住了我，推销了一种清洁剂。哥哥很认真地在介绍，我很认真地在听。推销完了，哥哥看我穿着校服，就说他也是高中生，今年高二，问我是哪个学校的。我指指衣服上的校徽，说是红岭的。两个人就这么闲聊了一会儿。最后，我推着箱子走了。

哥哥和我一样是学生，我不知道他为什么会出现在那里推销商品，当时，我正准备回学校上课。两个学生，可以说是同龄人了吧。

哥哥："祝你考上一所自己理想的大学。"

我："你也是哦，再见啦。"

三

一次出门吃饭，商场里一个阿姨问我，电影院要怎么走。

我想了一下，上次和妈妈来这里看电影，找电影院找了好久来着。

"我带你去吧，阿姨。"

路上得知，阿姨要看的那场电影马上就要开场了，吓得我也紧张了起来。

终于到了影院。阿姨说："哎呀，这地方真绕，没你带，还真找不到。谢谢你啊，姑娘！"

阿姨是一个人看电影呢。我也时常一个人看电影；但我会担心整个放映厅都只有我一个人，那真的有些孤单和惊悚。

这个商场人挺少的，来看电影的人更少，上次和妈妈来就是两个人包场。

阿姨如果是一个人看电影的话，希望她不要觉得孤独，因为出了电影院，找不到想去的邪家餐厅的时候，也会有人带你去的。

四

在西安兵马俑景区里，有很多在大太阳底下拉散客组团的导游姐姐。

我们觉得有讲解会有意思很多，就跟了一个姐姐。姐姐说，要再拉多几个人才能挣回导游费，让我们和她之前拉到的一家三口在树荫那边等等她。

姐姐估计很幸苦吧，去了好久，久到那一家人差点就准备放弃了。

姐姐那天很不顺，手机不知道是被偷了还是掉了，本来都拉满十个人了，却有两个人拿到耳机后不见了人。

姐姐很无奈，先带着我们八个开路了。路上，姐姐一直在找那两个拿了她耳机跑掉的人，甚至会突然抓住一个男生脖子上的讲解机，看到不是自己的号码后失望地放手。

最后，好像也没有找到那两个人。但是我们收获了干货满满的一趟讲解。

我希望这只是姐姐一天的不幸，我希望后面几天姐姐会遇到很多很多很美好、很幸运的事来弥补今天的霉运。

每个人都值得被温柔相待，愿世上每个人都被温柔相待。

五

期末考试考完了，拖着大包小包地下山打车。傻傻地站在路口等啊等，等来的不是已载客的就是要交班来不及的，下山时流的汗都给晾干了。

终于等到车，安放好行李，便整个人窝在后座提不起精神。

"考完试放学啦？"师傅轻轻地问。

"嗯。"

"考得如何啊？"

"……很不好。"多不好，我就不详细说了，举个例子：语文作文没写标题。

我本以为话题会就此结束，也不希望师傅对此多做评价；可接下来一路上，师傅一直用各种方式安慰我，劝导我。我看不见他的正脸，只知道他似乎脸型稍长，寸头稍显斑白，他的声音像爷爷一般温和。疲惫的我慢慢地变得有活力了。

下车前，师傅依然叮嘱我："别灰心呀，下次加油！"

得到陌生人的帮助、祝愿与关心，总是令人感动的，总能让人在孤零零的时刻感到人间尚有真情在。

凝望长安

'春风得意马蹄疾,一日看尽长安花。"可惜未能取得状元,只摘得探花。

教学后,迫不及待地踏上旅程,久违的旅程。

西安很"古"。西安应该是淡淡的铁锈红,清冷中又有着暖阳。十三朝古都的气质,如城砖一样淳厚。城墙很高,围出一个内城。傍晚,热浪渐弱,竟还起了微风,骑着自行车,晃晃悠悠地等着天色暗淡,披上点点星光。数着一个一个的马面和东西南北城门,驶过墙垛边一个接一个不间断的红灯笼,靠在城墙上"咚咚咚"灌下一瓶水,转头是灯笼的顶尖戳进金白色的夕阳,拖着它缓缓落下。

西安的落日其实不该被称为夕阳,因为它即使迟暮,也耀眼得令人看不清,像是在天空中"嗤"地破了一个窟窿,那天国神圣的光哟,一不小心泄了出来,亮眼得很,令人神往。它不给蓝天、白云染色,所以没有少女柔情的粉色,也没有热烈、火辣的火烧云,它始终如初升一般夺目而含情脉脉,看破了红尘却依然海纳百川。

终于,夜幕低垂,城墙上一瞬间亮起了灯,照亮了它引以为傲的古朴醇香，也照亮了新西安，照亮了近在眼前的天空，星斗也黯然失色。

念念不忘的，是那红墙白瓦、龟驮碑文、屋檐悬铃、钟鼓相望。

西安很"傲"。它有世界惊叹的秦兵马俑，它有骨气，它听惯了人们的赞美之词，有着一副将领的姿态。远看，宏大壮观；近赏，精美别致。在这里，似乎能看见当年的秦始皇，有着更傲、傲到目中无人的傲气，自命不凡，强迫着他认为下等的、他的子民，卖命地辛劳，为他建那气派到令人咋舌的秦始皇陵，仰天长笑之时，怎会想到"水可载舟，亦可覆舟"，怎会想到自己扫六合建立的大秦朝竟会二世而亡？

西安向来是大城，惯出一股子劲，不服输的劲。直到经济中心南移，它不是都城了，也不如南方水乡繁荣了，它慌了，但依然傲气。

西安很"文"。文科生游走在博物馆中，感觉遍地都是教科书。这里的博物馆有着独特的魅力，陕西历史博物馆这样的大馆更是韵味无穷。从远古到近现代，从食器到玩物，摆在我面前的是真真切切的历史、触手可及的千古风华。那是曾经的歌舞升平，那是如今的前世旧念。走在阳光斑驳的稀疏树影下，很难不为意外邂逅的两句"去年今日此门中，人面桃花相映红"动容。细嗅那泛黄的书页，还有丝丝茶香，是普洱吗？

夜晚尚未思寝，专程去看钟楼夜景。走出地铁站，转头，是傲然叫嚣着的华丽，是古韵风雅的霓虹灯，是长安盛世的光影琉璃。我怔怔地凝视着闪耀着的文质彬彬的钟楼，一眼万年。不知那积攒了千年的亮丽绚烂，有没有映上面庞，藏进披散着的不安分的发缕间。我凝望着西安，西安也凝望着我，眼里有闪烁跃动的光。

不枉此行，西安走了，西安留下了。像是一张城墙上的拍立得照片，定格在那灯火阑珊的古典里，是长安的一支舞，满目红色、薄纱飘扬。

孩 童

　　子七拖着我陪她俩小表弟去儿童乐园玩，我一脸嫌弃。耐不住她死磕，草草答应了。我都不知道自己在干吗，居然带小学生去儿童乐园玩，三个小学生。更可怕的是，我居然还有一丝丝期待和兴奋！不，这不是成熟大气的我。

　　然后，被忍不住激动、疯狂拍小视频的自己"啪啪"打脸。

　　大羊、小羊两个简直是永动机。"叽里呱啦"说个不停，一路蹦蹦跳跳，回来的路上甚至还能打个架。子七说："小孩子刚出生的时候一直睡觉，积攒了很多精力，长大一点之后就疯狂用，所以就像永动机。"我竟无言以对。

　　小时候，自己也来这里玩，那个时候觉得过山车好高啊好快啊，怕自己被甩出去被小熊雕像吃掉；觉得玩碰碰车要躲着混战的区域，顺畅地在场子里漂移最爽；觉得"激流勇进"那么高还有水，避之唯恐不及。现在一晃眼，个子窜高了不少，腿上多了好多小时候没有的疤痕，穿上了小时候见了会捂住眼睛的短上衣，不会再像小时候一样大叫了。但是我感觉得到，那单纯的童真还在，留在我的真诚里，教我去创造温柔的同时，享受温柔。所以，还是最喜欢荡秋千，任头发糊了满脸；还是会害怕前后晃的海盗船，不敢睁眼；还是会仰望装满幸福的摩天轮的盒子，在最高点许下心愿。

　　一人带一个小男孩在并不大的乐园里乱跑。玩完"激流勇进"，湿透的四人坐在长椅上踢踏着腿，晒着太阳。他们仨喝着冰红茶，我灌着矿泉水。阳光暖洋洋的，大羊、小羊和子七都笑得暖洋洋的。喝完了，大羊、小羊兴奋地把空瓶子往回收机里丢，只有我还没喝完的水得以幸免。

　　出了乐园，来到广场上，子七远远看到卖泡泡的老爷爷就走不开了。一罐泡泡水，四个人轮着吹，泡泡吹出来好大哦，还有彩虹的颜色在表面欢快地打着旋儿，像一颗颗水晶球，连金色的阳光都不忍心打破，小羊一个"猴子捞月"，一手一个"啪啪"地拍散了，一身泡泡水。自己也忍不住去玩，一个个泡泡飘啊飘，飘上了树，飘到大羊、小羊最纯粹的笑脸前，飘到子七的镜头前。大羊："3，2，1！"我播放了音乐，小羊"专业"地挥出一圈泡泡。"爱就像蓝天白云，晴空万里，突然暴风雨……"子七掌着镜："好棒啊。"小羊玩得一手泡泡，之前剩下的矿泉水就派上了用场。

　　本来想买"旺旺"碎碎冰吃的，未果。"叛变"钻进肯德基，四个草莓圣代。我们俩早早吃完了，支着脑袋看他俩慢悠悠地吃化了大半的圣代，全程姨母笑地问这问那，听他们一本正经地说着老可爱的话。

　　这天过得很不现实，像是钻进了孩童纯净的世界，那里没有人情冷暖，没有无奈，没有恶。那里只有快乐，最触手可及的快乐。回去的路上，我脸上是和大羊、小羊一样的笑容。也许，我不会想要回到那个什么都不懂的年纪；但我很享受这短暂而珍贵的一天，孩童般的无忧无虑。子七也是一样的吧，看她今天比我还夸张，想必前些日子的伤心、烦躁也能暂时放一边了呢。

马路边的树荫很足，跳跃的光影落在跳跃的大羊身上。忘了在聊些什么，大羊问我："你想要什么样的生活啊？"光影流离，我胡噜两下碎发，笑了："就，快快乐乐的，平淡却美好的幸福。"子七也笑了。

青春的真谛就是无知

昨晚前半夜失眠，拽着明天还要上班的妈妈瞎聊。

"你觉得你了解你自己吗？""你觉得我是个什么样的人呢？""我真的是个好孩子吗？"妈妈的答复永远是："求你了，让我睡觉吧。"

妈妈说："我们大学的时候有个理论：大一是不知道自己不知道，大二是知道自己不知道，大三是不知道自己知道，大四是知道自己知道。"

昨天，又看了一遍《奇葩说》第四季最后一期导师与奇葩王们的辩论。我想，今天写出来的文字应该受了他们的话语很多影响。

无知者无畏，而我更想要的是，有知之后，依然无畏。只是，我现在还不完全"有知"。

我不知道未来的我应该是一个什么样的人；但我想，至少得是一个好人吧，如果是一个快乐的好人，那更好。

这些文字里涉及的许多小事大事都还没有结果，不会有完整的结果。这是一件好事，因为这说明我的青春正在延续。也许哪一天会最终落幕，也许是高考，又或者是 18 岁的生日？我不知道。我只知道自己身处青春之中，我不知道它的尽头在哪里，它会在哪里结束，它会被什么所伤害。我希望自己永远不知道这些，但我知道自己终有一天会被迫知道，所以，我最后只能挣扎着让它来得晚一点，再晚一点。

我无法告诉自己去珍惜青春，毕竟，我身处其中，我很难感受到它的流逝。

但它终将流逝。终有一天，篮球场上金灿灿的阳光不会再眷顾你我；终有一天，我们会忘记曾经背得烂熟的知识点；终有一天，蓝白校服会显得陌生，穿在身上会觉得别扭；终有一天，我们不再年轻；终有一天，我们不再有青春的热情澎湃。

我又有什么话可说呢，人总是一边幸运着，一边不幸着。

好在我永远心怀感激，感激我的青春，感激我的幸福。作为回报，我尽情享受，奋力拼搏。身边的小伙伴们也是如此。

常常会想象自己倒挂在学校栏杆上也好，家里阳台上也好，身体悬在空中。那时，头颅置于花草树木之上，眼前是如大海一般广阔的天空。若是换一个视角，比如飞过的迁徙的鸟，看到的会是怎样的自由。若是觉得小腿有些酸了，就尽管松开，身体自由下坠，接住我的是银白色的、厚厚的积雪。

当然，现实中不可能这么做。我似乎在梦境中这样尝试过。

人们总说，越长大越孤单。我从未这样觉得，也可能是我还没到这个年纪吧。

天阴阴的，我感觉得到。即使绿叶太过茂密，我也能猜测到那乌云已经饱和到了什么程度。这些天，总是接连不断下雨，折好的伞又被大力地撑开，连书城门前的雨伞套都不够用了。

但至少，现在的我，越长大，越幸福，越无畏，越自由。

如果自己没办法像诗歌一样美好，那我希望自己至少能活在诗歌里。

昏黄的书灯下，木桌更显温柔。抬头时，窗外的雨不知什么时候下大了。玻璃被擦得很光滑，雨水落下，又急促地滑走，一条条竖直的水痕，还没来得及感受就消失殆尽。红灯下，三两车停，路牌也映上一抹红。

当我写到这里时，只差一天就开学了。学生对于开学这件事总有着天然的恐惧，说什么都没用。尽管我已经在昨天补完了作业，这浩浩荡荡的五万字也接近尾声，尽管我已经计划好新学期估计很难坚持的学习计划，尽管等待我的是又一段全新的冒险，我依然不是很想与悠闲的假期告别。

开学了，波波说我写得不错，看看能不能写到十万字吧，趁热打铁。这些天写着，写着，好像漫无目的却是那样的舒心。我想，我永远热爱写作，也永远笔耕不辍。我想，写到了十万字，之后呢?

宁静而深邃的夜，末了是仲夏隐约的蝉鸣。

仲夏，也即将过去了吧。